友よ、静かに瞑れ

北方謙三

角川春樹事務所

解説　小梛治宣

1　犬

夕陽。

ついさっきまで鈍色だった海が、赤く輝きはじめている。

五時を回っていた。靴下を突っこんだ靴をぶらさげ、私は腰をあげた。ズボンから、さらさらと砂が落ちる。

台風の余波なのか、海は荒れ模様だ。風も強かった。掌で尻を払って躰を伸ばし、私は裸足のまま砂浜を歩きはじめた。白い砂は、まだかすかに暖かい。

建ち並んだホテルや旅館が見えた。防潮堤に沿って道路があり、たえず車が行き交っている。

口笛を吹いた。曲の名は知らない。昔、好きだった。途中までしか憶えていなかった。最初から、もう一度やり直した。同じところで、どうしてもひっかかってしまう。

前方に、人影が見えた。強い風のせいなのか、砂浜には緩い起伏があり、人影が見えたのは丘状になった高いところに登った時だった。ほかに、人の姿はない。

子供のようだった。腰を屈め、なにかを引き摺っている。五十メートルほどの距離か。

私は、ほんの束の間足を止めて眼をくれただけだった。また口笛に戻った。低いところへ降りると、子供の姿は見えなくなった。

頭上を鳥が飛んでいった。海猫なのか鷗なのか、区別はつかなかった。私が幼いころ育った四国の海辺には、鳶しか飛んでいなかったような気がする。空は、深い色になりはじめていた。

また斜面を登った。急な勾配ではない。

登りきると、少年の小さな背中がすぐ眼の前にあった。私の気配に気づいたのか、少年が弾かれたようにふりかえった。十二、三。中学に入るか入らないかといったくらいの年頃だろう。頬が濡れて光っている。それを、少年は白いトレーナーの袖で乱暴に拭った。

「おい、手伝おうか？」

少年はうつむいていた。ほんの子供のように見えたのは、腰を屈めていたからだ。背はかなり高そうだった。

「どこへ引っ張ってくのか知らんが、おまえひとりじゃ骨だぞ」

少年は動かない。私は煙草をくわえ、マッチを三本束にして火をつけた。煙が風で吹き飛ばされる。手伝ってやるよ、もう一度言った。

少年は、犬の後脚を握りしめたまま、じっと動かなかった。

死んだ犬だ。台風で浜に打ちあげられた屍体などではない。打ち殺されている。硬直していないので、死んでそれほど時間が経っていないこともわかった。

「おまえの犬か、これは？」

私は犬の屍体のそばに屈みこんだ。少年がいっそう顔を伏せる。犬は頭を叩き割られ、口から血を流していた。腹のあたりを掌で触れてみる。ささくれた毛並みには、生きたものの柔らかさがなくなっていた。

「名前、なんていうんだ？」

中型の日本犬のようだが、雑種かもしれない。後脚を握った少年の手は、かすかにふるえ続けていた。顎のさきまで流れ落ちてきた涙が、夕方の斜光を照り返している。少年は、また乱暴に袖で顔を拭った。

「おまえの名前じゃない。犬のさ」

腹から背中、首と撫でていった。擦れた古い革の首輪に、マジックインキで名前らしいものが書きこまれている。判読できなかった。

少年が、また屍体を引き摺りはじめる。

うつむき加減の顔に、見覚えがあった。私は、くわえていた煙草を砂に突き刺した。

「坂口」

少年の動きが、一瞬止まった。また引き摺りはじめようとする少年の肩を、私は手で押さえた。

「坂口って名前なんだな、おまえ」

少年の髪を摑んで、顔を上にむけさせた。間違いか、そんな気もした。髪を放す。うつむいた時の少年の表情には、やはりどこか坂口の面影がある。

「坂口だろう。おまえの親父とは、二十年も前からの友だちなんだ。おまえより、ちょっとでかくなったころからのさ」

少年の眼が、一瞬私にむいた。坂口に息子が生まれたのは、大学を出て三年ほど経ってからだった。とすると、少年はやはり十二歳くらいということになる。

上京するたびに、坂口は私のところへきて息子の自慢をした。親馬鹿とは一番縁のなさそうだった男が、親馬鹿になった。それが滑稽で、よくからかったものだ。

「俺は新藤って者だ。親父から名前くらい聞いたことがあるんじゃないのか？」

少年が、また私の方をチラリと見た。もう涙は見えなかった。

「まあ、いい。行けよ。おまえが坂口なら、またどうせ会うことになる」

しばらく、少年は動かなかった。私は犬の屍体に眼を落とした。よほどひどい力で殴られたのか、割れた頭蓋から、脳漿が流れ出している。

「海に流すならいまのうちだぞ。まだ引潮だ」

私は、海の方にちょっと眼をやった。赤い色はいっそう濃くなっている。少年が、また犬の屍体を引き摺りはじめた。

屍体はまだダラリとしたままで、薄茶色の大きな袋でも引き摺っているように見えた。砂浜に、屍体を引き摺ってきた跡が、ずっと続いている。私はその上を歩きはじめた。ふりかえりはしなかった。見られたくない、少年の態度にはっきりそういう意志が感じられたからだ。


海にせり出した大きなホテルの建物が、眼前に迫ってきた。屍体を引き摺ってきた跡は、防潮堤の階段の方にむかっている。

私は階段を昇った。防潮堤の上で足の砂を丹念(たんねん)に払い、靴下と靴を履いた。防潮堤の上に立ちあがっても、少年の姿は見えなかった。屍体を引き摺った跡が、足のない海獣が通り過ぎた跡のように、ずっと続いているだけだ。国道の方に降りて、防潮堤の蔭で煙草に火をつけた。

薄暗くなりはじめている。私は温泉街の方へ足をむけた。ひとつ前の停留所でバスを降り、海岸を歩きはじめたのが四時過ぎだった。一時間ばかり、浜をブラついていたことになる。

ありふれた温泉街だった。旅館やホテルが三十軒近くあるのか。どこも玄関に水を打ち、人が出入りし、活気づいて見えた。客を迎える時間だ。私は、土産物屋(みやげ)が並んだ中央通りを真直ぐ歩いた。『潮鳴荘』の場所は見当がついている。数えきれないくらい何度も、坂口からこの街のことを聞かされた。はじめてきたとは思えないほどだ。スコッチと

途中の酒屋で、カティーサークを一本買った。地酒を並べた酒屋だった。スコッチといえば、ほかにはジョニーウォーカーしかなかった。

中央通りを抜けた。温泉街のはずれが、『潮鳴荘』だった。海にせり出した小さな城郭のような白い建物が新館で、道路を挟んでいる木造の三階建ての方が本館だ。新館ができたのは、五年前のはずだ。

本館の裏手へ回った。古い木戸があり、『坂口』という小さな表札がかかっていた。家に明りはない。

木戸を潜ろうとした時、いきなり棒が振り降ろされてきた。とっさに、躰を引いた。突き出すような二撃目がきた。払った。箱の中で、カティーサークが粉々になるのがわかった。右手で、棒を摑んだ。足を飛ばす。男がうずくまった。二十四、五。髪をきちんと分け、白っぽいジャンパーを着ていた。

庭の方へ飛び散ったカティーサークが、かすかな匂いを立てている。私は男の胸ぐらを摑んで引き起こし、そのまま押すようにして木戸の中に入った。

小さな庭。花壇や灌木の植込みが踏み荒らされている。玄関脇の犬小屋の屋根も、叩き破られていた。

「どういうことだ、おい？」

手を放した。男のジャンパーの胸には、『潮鳴荘』の縫い取りがあった。

「俺を誰と間違えたんだ？」

男の歯が鳴っていた。陽はすっかり落ちていたが、別に寒くはない。煙草に火をつけた。それからもう一度、薄闇を透すようにして、男の顔を見直した。眼が細く、唇も細く、顎も細かった。痩せた、背ばかりが高い男だ。落ち着きなく、眼が動く。

「ええい、くそ。今夜の寝酒を駄目にしちまいやがって」

私は、酒で濡れた紙の箱を蹴飛ばした。割れた硝子が触れ合う音がした。

「坂口の奥さんに会いたいんだがな。君、取りついでくれないか」

「奥さんって？」

男の声は躰に似合わぬバリトンだったが、小さなふるえを帯びていた。

「旅館じゃ女将っていうのかな」

「知らない。それに、ぼくはここの人間じゃないから」

私は、男の胸の縫い取りを指で突いた。家の中に、人の気配はない。仕事が一番忙しい時間なのだろう。

「こんなとこで油を売るなよ。とにかく、女将さんに客だ。手間かけさせずに、そう伝えてこい」

男が後退（あとじさ）った。途中から背中をむけて駈け出していく。家の脇からも、本館には入れるようになっているようだ。

私は、犬小屋のそばにしゃがみこんだ。マッチを擦（す）ってみる。地面に点々と黒いしみがあるのがわかった。血らしい。

2　女

和服の似合う顔立ちをした、しとやかな女だった。着物のことなど、私にはわからない。見て不快ではない、きちんとした着方をしているのが、感じられるだけだ。

「新藤さん？」

私の名刺には、肩書もなにも刷りこんでない。名前と住所が書いてあるだけだ。

「東京の方ですのね」

「なるほどね。きれいな髪だ」

アップにした髪は、解けば背中まで届きそうだった。玄関にきちんと坐った女は、落ち着いた眼差（まなざ）しで私を見あげている。

「御用件は？」

「髪を見物にきたんだ」

「酔っておいでですの？」

「その髪に惚れたんだって、坂口が言ったよ」

「主人は、おりませんわ、いま」

「庭が荒らされてるな」

「御用件をおっしゃってください」

「庭が、荒らされてる」

「腕白盛りの息子がおりますの」

私は煙草に火をつけた。無作法に灰を落とす私の指さきを見て、女が眉をしかめる。
二、三服喫ったただけの煙草を三和土に捨て、私は靴で踏み潰した。
「いくら腕白でも、可愛がってる犬をぶち殺したりはせんと思うがね」

「犬が、どうしたというんです？」

「頭を、叩き割られたのさ」

「警察を呼びますよ」

「俺が叩き割ったんじゃない」

「あなたが、いまなさってることです」

「玄関に立ってるだけで」

私は笑った。女の眼がきつくなった。いい眼だ。思わず引きこまれてしまう。

「結婚して、六か月か」

「主人ならおりませんし、これ以上」

「泊まるところがない」

私は遮った。

「坂口を当てにしていたんだがね」

「ここは、温泉街です」

「生憎と、旅館やホテルが性に合わないんだ」

自転車のブレーキの音がした。木戸が開けられ、誰か入ってきた。

「よう」

少年は、私の顔を見てうつむいた。もう泣いてはいないようだ。私の肩くらいの背丈。この年ごろでは大きい方だろう。

「知ってるの、竜太くん？」

少年が首を振り、家の中へ駈けあがった。裏返しになったスニーカーの片方を、私は爪さきで軽く蹴った。

「思い出した。竜太って名前だったんだ、あの坊主」

「とにかく、お帰りください。でないと」

「警察は呼ばんだろう。鬼門じゃないのか？」

「どういう意味ですの？」

女の眼の光が、いっそう強くなった。

「坂口は留置場だって話じゃないか。四、五日前の新聞に小さく出てた」

「お帰りください」

女が立ちあがった。二十四とは、とても思えなかった。三十歳に近いような感じがする。それも、老けているというわけではない。大人の女の色香が漂い出しているのだ。

「また、会うと思うな、多分」

私は笑った。ちょっと手を挙げて、踵を返した。木戸を出る時ふり返ると、二階の窓のひとつに明りが点いていた。そこが竜太の部屋だろう。外はもうすっかり暗くなっていた。路地を抜け、『潮鳴荘』の明るい玄関の方へむかった。家族連れの客が入っていくところだった。迎えているのは、例の白いジャンパーの男だ。視線が合うと、男は眼を伏せた。

若い女が、寄り添うように歩きはじめた。ジーンズに赤い手編みのセーター。踵の高いサンダルを履いている。商売女にしては、生きがよすぎた。

女は、ただそばを歩いているだけだ。なにも話しかけてこない。私も黙っていた。

海側の、小さな旅館に私は眼を止めた。団体の札が掛かっていない。夜中まで大騒ぎをされたり、酔っ払いに部屋を間違われたりするのはごめんだった。

入ろうとした私の腕を、女が摑んだ。かすかに、香水の匂いが鼻をついた。

「お座敷、かけてくださらない。こだまっていうの」

「小さな玉かね？」

「山びこよ。忘れないで呼んで」

女が手を放した。放す瞬間に、指さきに強い力がこめられた。媚びるような力とはまるで違っていた。私は女の後姿を見送った。脚が長く、腰がくびれ、ジーンズで締めつけられた尻が、挑発するように盛りあがっていた。どこかで会ったことがある、そんな気がした。

旅館に入った。番頭らしい、初老の男が応対に出た。さりげなくだが、私の風体を観察している。枯葉色のスエードのジャケットに焦茶のシャツとズボン。バッグひとつぶらさげているわけではなかった。

「何日か厄介になると思う。前払いでも構わんぜ」

番頭が頷き、上がり框にスリッパを揃えた。

風呂は、海に面していた。夕方荒れていた海も、多少は凪いだのだろうか。漁火が二つほど見え隠れしている。大して大きくもない浴場だが、老人が二人入っているだけだ。

湯の中で躰を伸ばした。風呂から海を眺めるのはいいものだ、とよく坂口が言っていもいた。

た。何度も誘われた。ひと月いてくれてもいいんだぜ。だが私は、結局こういう事態になるまで、やってこようとしなかった。海は見飽きていた。敦子のことを、こだわっていた。

湯をちょっと口に含んでみる。塩辛い味がした。浴場の入口に、効能書のようなものが貼り出してあったが、私には関係ないものばかりだった。

敦子が死んだのは、四年前だった。私はペルシャ湾へむかう船上にいた。知らせを受け取ったのは、帰国してからだった。黒枠のついた、簡単な死亡通知だった。私は、型通りに坂口に宛てて香典を送った。

昔のことだ。自分に言い聞かせた。老人が二人出ていき、浴場の中は私ひとりになった。湯の流れこむ音、波の音、遠くの喧噪。眼を閉じた。

部屋に戻ったのを見透すように、こだまが入ってきた。すでに食事の用意は整っている。注文しておいたカティーサークもテーブルに置いてあった。

着物姿のこだまを見て、一度会ったことがあるような気がした理由が、納得できた。

「妹か、『潮鳴荘』の女将の」

「妹が芸者じゃおかしい？」

「好きでやってるんなら、別に構わんさ」

「半年前までは、姉さんも芸者だったのよ。一緒にお座敷に出てたんだから」

カティーサークのオン・ザ・ロックを作った。料理は、ありふれたものばかりだった。品数だけが多い。

「姉さんに、なにする気だったの？」

「名前は？」

「こだま」

「芸者でいる気なら、そばで酌をしろ。余計なことも訊くな」

こだまが私を見つめた。姉の眼に似ている。私は皿に箸を伸ばした。白身魚の刺身だった。

「晴子、田所晴子よ」

「俺の、なにを知りたいんだね？」

「なんで姉さんにあんなことを言ったのか。あたし聞いてたの、木戸の外で」

天ぷらは冷えていた。晴子が、鍋の下の固形燃料に火をつけた。私は別のグラスにウイスキーを注いで、晴子の前に置いた。

「俺は坂口の友だちで、名刺を出せば通ると思った。知らんふりをしたんで、ちょっと頭にきただけさ」

「義兄さんがいまどこだか、知ってるんでしょう？」

「まあな」

食事は早い方だった。味にもあまり構わない。船にいる時はまともなものを食っているが、陸では気が向いた時に気が向いたものを食うだけだ。

晴子は、ウイスキーを水で割って口に運んだ。鬘は被っていない。姉と同じようにアップにしているが、いくらか癖の強そうな髪だった。

「暇でね。新聞読んで、心配になった」

「船には、いつ乗るの？」

「わからん」

契約している船会社がなにか言ってくれれば、大抵は乗る。だがしばらくは遊ばせてくれるはずだ。三国間輸送の貨物船に三か月ほど乗っていて、つい一週間前に降りたばかりだ。

この間坂口に会ったのは、その船に乗る直前だった。私は厄介な頼みごとを受け、乗船前の五日間を飛び回って過ごした。

「君の姉さんは、なぜ俺のことをあんなふうに扱ったのかな？」

「感じが悪かったんじゃない。義兄さんが言ってた新藤さんとはだいぶちがうから」

「ありゃ、亭主を見捨ててるな」

晴子が煙草をくわえた。急に蓮っ葉な感じがこぼれ出してきた。

「ほんとのこと、言う気がないのね」

「君もな」

晴子が笑う。私は皿に残ったものをかきこみ、ウイスキーで流しこんだ。

「変なことが多過ぎるのよ」

「事情はなにも知らん。なにかやろうって気もない」

「姉さんは、義兄さんになにか言われてるんだと思うわ」

「家族だと、留置中の被疑者と会えるのか？」

「知らないわ」

晴子は、指さきから立ち昇る煙をぼんやりと見つめていた。私はグラスに氷を満たし、ウイスキーの瓶を摑んで窓際の椅子に移った。窓を開くと、波の音が大きくなった。漁火がいくつか増えている。

「どこから流れてきた？」

「ちょっとひどい言い方ね」

晴子も椅子に移ってくる。怒っている様子はなかった。

「言葉は、東京に思えるぜ」

「そうよ、板橋から。姉妹二人でここへ流れついたってわけ」

「終点かね？」

「姉さんは、そうなるはずだったわ」

夜気は冷たかった。窓を閉じる。不思議なほど、波の音が遠ざかった。

「庭が荒らされてた。犬までぶち殺された。殺伐としすぎてるな」

「犬なんて、なによ」

私は海の方へ眼をやった。椅子に腰かけた晴子の姿が、窓ガラスに映っていた。

3　男

歓楽街といっても、大して大きいわけではなかった。

パチンコ屋、ゲームセンター、ストリップ劇場、それにバーが七、八軒。捜せばもっとあるかもしれないが、ひとところにかたまっているのは、それくらいだ。

どこでも安心して飲めます、宿の番頭はそう言って私を送り出した。私の鼻の方が、番頭の言葉よりも信用できそうだった。妙な臭(にお)いがある。港町の、あまり安心できない歓楽街で感じるのと、同質のものだった。

一軒の店の扉を押した。『桜貝(さくらがい)』という看板の出た、けばけばしい店だ。

女が六人とバーテン。客は七、八人いる。カウンターのスツールに腰を降ろした。

「水割り」

バーテンが頷く。フリの客にニヤニヤするバーテンは、ちょっと警戒しておいた方がいい。客の値踏みをする素ぶりも見せないということは、勘定で揉めた時は力で押してくるということだ。そういう力が、つまり柄のよくない連中が、背後にいる。

「どこにお泊まりで？」

客の半分は、宿のドテラに下駄履きだった。私のように服を着ているのは、地元の人間なのだろう。

「俺みたいなひとり旅は、なかなかいいところにゃ泊めて貰えんな。『潮鳴荘』って旅館で断わられちまった」

「あそこはね」

バーテンは暇らしい。三十人は入れそうな店だ。私は水割りを呷った。頼みもしないのに、ダブルだった。

「女の子、呼びましょうか？」

「今夜はやめとこう。芸者を呼んだが、振られちまったからな」

「じゃ、なおさらだ。芸者なんかより、ずっと若いのがいますぜ」

「持ち合わせもないんだ」

バーテンの眼が、ちょっと険しくなった。それだけだった。私を無視して灰皿を洗いはじめる。

「遊べるところはないのか、この温泉にゃ？」

「ありゃ、女の子なんか勧めませんぜ」

「なるほどね」

一杯で、三十分ばかり粘った。ふらりと入ってきてカウンターに坐った革ジャンパーの男が、バーテンと喋りはじめた。威勢のいいチンピラだ。ビールを取りにきた女の尻を、馴々しい手つきで撫で回す。

「勘定をしてくれ」

私は腰をあげた。突き出された紙きれには、六千円と書いてあった。法外と抗議すべきかどうか一瞬迷ったが、黙って払った。

「突き出しが、雲丹だったもんでね」

バーテンがにやりと笑う。私が背をむける前に、チンピラが雲丹を口に入れた。

外に出た。誰も送ってこなかった。通りのむかい側の電柱の蔭に、男がひとり立ってこちらを見ていた。『潮鳴荘』の若い男だ。ただ、白っぽいジャンパーは脱いでいる。ブルーのVネックのセーター姿だった。

「よう」

私は近づいていった。一瞬走り出しそうにした男が、不貞腐れたように電柱に寄りかかる。

「ウイスキー一本貸しがあるよな」

「払いますよ、カティーサークでしょう」

「そりゃどうでもいいんだ。誰と間違えたのか、教えてくれよ」

「会ったでしょう。ついさっき『桜貝』に入ってった男ですよ」

「あの革ジャンか。あいつが犬をぶち殺したんだな」

男は『桜貝』の方へ眼をやっていた。私は煙草をくわえた。十一時を回ったところで、まだ人通りは多い。

「たかが、犬コロ一匹じゃないか」

「犬だって猫だって、可愛がってる人間にとっちゃ、家族同然でしょう」

「君は、坂口のとこの家族かね？」

「いや」

「じゃ、余計なお節介ってわけだ」

男の眼が、一瞬私を睨んだ。私は笑い返した。男が下をむく。差し出した煙草を、男は素直に一本取った。

「俺は新藤って者だ。もう知ってるかな」

「佐野です。『潮鳴荘』に二年になります。社長から、お名前だけは聞いてました」

「あの革ジャンと君か」

私は佐野の躰を確かめるように見つめた。ひ弱そうな男だ。セーター姿でいると、いっそう細く見える。

「言うだけのことは、言ってやるつもりです。負けたって構わない」

「言わせてくれりゃの話だぜ、そいつは」

「それでも、黙ってるわけにゃいかないんだ」

佐野が濃い煙を吐く。私は煙草を捨てた。酔客が、下駄を鳴らしながら通り過ぎた。

「あの革ジャンは、なんだって坂口のところで暴れたりしたんだ？」

「嫌がらせですよ。下山（しもやま）の乾分（こぶん）なんです」

「度が過ぎるな」

ほかにも理由がありそうだった。それとも、暴れるしか能のないチンピラなのか。

店の扉が開いた。ドテラを着た五人の客が送り出されてきた。みんな上機嫌だ。

「ボラれなかったのかな、連中」

「あの店は、宿によって吹っかけるんですよ。うちのお客さまには、行かないように注意してます」

「俺はボラれたような気がするな」

「どこにお泊まりか、おっしゃらなかったんでしょう」

「君、いくつだ？」

「二十四です」

「やけに大人びた口を利くな。旅館に勤めてるとそんなもんか」

「社長にやかましく言われましたんでね」

佐野の口もとが、かすかに綻んだ。少年のような顔になった。

革ジャンが出てきた。歩き出そうとする佐野の腕を、私は押さえた。

「俺に任してくれないか」

「なぜです？」

「やつは俺の食い物に手を出した。あの店での話だがね」

「でも、なにをやるつもりなんですか？」

私は革ジャンの後ろを歩きはじめた。佐野も付いてきた。三十メートルほどの距離がある。尾行られているのに気づいた様子はなかった。

「まだ飲む気かな？」

「アパートに帰るんだと思います、多分」

「やつのアパートは、知ってるんだな？」

佐野が頷いた。人の少ない道になっていた。見てろよ、私は佐野の耳もとで囁いた。拳ほどの石を拾いあげる。

ゆっくりと距離を詰めた。革ジャンは鼻唄をやっていた。それがはっきり聞えた。走った。ふりかえろうとした革ジャンの後頭部に、石を叩きつける。膝から崩れるように、革ジャンが路上に倒れた。

　脈を取った。しっかりしている。十分もすれば眼を醒すだろう。

「気絶してるだけさ」

　追ってきた佐野が、かすかに頷いた。私は革ジャンのポケットを探った。キーホルダーが出てきた。

「こいつをアパートまで運びたい。手伝って貰いたいんだがな」

「なにをするんですか？」

「君にゃ関係ない」

「しかし」

「手伝うのがいやなら、俺がひとりで担いでいくよ」

　佐野がしゃがみこみ、革ジャンの脇に手を回して抱き起こした。

「すぐそこです」

「言いたいことがあるなら、いまのうちに言ってやれ。君が関わってることは、わからん方がいいだろう」

「もういいです」

　両脇から革ジャンを抱えるようにして歩いた。誰にも会わなかった。木造の古いアパートの前で、佐野が立ち止まった。アパートといっても普通の民家の造りで、外壁に階段が設けられ、二階だけが貸間になっているらしい。

階段を引き摺りあげた。佐野が鍵を取り、ドアを開ける。

ひどく悪趣味な部屋だった。壁に無修整の写真がベタベタ貼りつけてある。佐野が眼をそらした。私は窓を開け、物干し用のビニールロープをはずした。部屋の隅のガス台に火をつけ、ロープを暖めて軟らかくする。

「君は帰れ。そろそろこいつは眼を醒すぞ」

「なにをなさるつもりですか？」

「知らん方がいい。俺は今夜、君とは会わなかった。こいつともな」

曖昧に、佐野が頷いた。

革ジャンを脱がせてシャツ一枚にし、後手に縛った。ビニールが冷えれば、きっちりと手首に食いこむはずだ。以前、止血の応急処置にこの方法を使ったことがある。

口をあけ、あどけない顔で気絶していた。押入れを引っ掻き回し、シーツを裂いて男の眼に繃帯のように巻いた。男が身動ぎをする。私は軽く頬を叩いた。完全に気がついたようだ。すかさず、シーツの切れ端を口に押しこむ。もがく男の股間を蹴った。

革ジャンのポケットのものを全部出した。免許証、千円札二枚の財布、小さな登山ナイフ、使い捨てのライター、セブンスター。

「宮坂透、二十二歳。身分証明証もあるな。下山観光の社員か、おまえ」

宮坂が身をよじらせた。私は登山ナイフの刃を引き出し、宮坂の頰に押し当てた。宮坂の動きが止まる。

「いい子だ。動くと血まみれになるぞ」

声の抑揚を殺していた。左の胸の乳の下に掌を当てた。動悸が速い。見かけほど太い神経の持主ではないようだ。

ベルトを摑み、躰を裏返した。俯せになり、顔だけ横にむけた宮坂が、足をバタつかせる。私は馬乗りになった。後頭部に拳を叩きこむ。体重は乗せなかった。軽いパンチだ。ただ、十発ほど続けた。それからしばらく休み、また十発打ちこんだ。

あきらかに、宮坂の呼吸が荒くなってきた。鼻だけの呼吸だ。細い管を風が吹き抜けるような音がしていた。頸動脈に触れてみた。脈搏、百八十。これだけ速くなれば、数え方にもコツがいる。二つをひとつと数え、あとで二倍するのだ。

やや弱く、二十発続けた。それを三度くり返した。鼻血が噴き出し、宮坂の呼吸はいっそう苦しそうになった。血圧もかなり上がっているはずだ。

「いまに、頭の中で血管が破裂する。わかるか。殴られたあとなんか残らん。おまえは脳内出血で死ぬのさ」

股の下で躰が動いた。弱々しい動きだった。また、同じことをくり返した。宮坂はもう動かない。しかし気絶はしないのだ。これくらいの力では、決して気絶しない。脳が揺さぶられるだけだ。

襟首(えりくび)を摑んで、上体を引き起こした。

口の中のシーツの切れ端を引っ張り出す。息よりもさきに、胃の中のものを宮坂は吐き出した。予想していたので、私は宮坂の背中の方にいた。

「下山と、『潮鳴荘』の社長の間に、なにがあった？」

宮坂がかすかに首を振る。

「喋れるはずだ」

私は宮坂のセブンスターをくわえ、ライターで火をつけた。

「同じ目に遭いたくはないだろう」

宮坂がまた首を振る。煙草の火を、首筋の柔らかいところに押しつけた。躰がピクリと動いた。

「五日前だな。十月八日。下山観光の事務所で、なにがあったんだ？」

「知らねえ」

喘(あえ)ぐような声だった。私はもう一度煙草の火を押しつけた。今度は、はっきりと宮坂は声をあげた。畳に靴で踏み潰(つぶ)して煙草を消した。

「夜は長いんだぜ。特におまえにとっちゃな」

後頭部を一度叩いただけで、宮坂はまた嘔吐(おうと)した。吐瀉(としゃ)物の臭いが鼻をつく。

「俺は」

宮坂が喘ぐ。何キロも走り続けた後のような、荒い息をする。

「俺は、社長に外で張れって言われた」

「それで？」

「警察（サツ）が来た。社長が、呼んだんだと思う」

「なぜだ？」

「知らねえ。警察（サツ）が来たんで、たまげた」

「まさか、逃げたわけじゃあるまい？」

「社長に、知らせたよ」

宮坂の呼吸はまだ荒かった。脈搏も落ちていない。

「坂口が、突っ立ってた。匕首（ヤッパ）持って。だから、警察（サツ）は坂口を連れてったんだ」

「誰を刺そうとしたんだ？」

「知らねえ、ほんとだ」

「信用できんな。坂口は、なんだって下山観光の事務所なんかに行ったんだ？」

刃物を持ち出すような男ではない。それはよく知っている。刺すか刺されるか、そうなれば刺される方を選ぶ男だ。

「うちの会社じゃ、『潮鳴荘』を欲しがってる。あそこは、街の端で、余分な土地がい

「くらもあるんだ」

「欲しがったって、売りゃせんだろう。なんせ、六十年続いた旅館だ」

 脈搏が落ちてきた。頭の働きが正常に近くなる。つまり考えることができる。そういう状態だ。

「でかいホテルを建てるんだ。うちの会社が資金出して」

「下山観光のホテルはあるんだろう？」

「場所が、よくねえ。『潮鳴荘』のとこだ、建てるなら」

後頭部に、拳を叩きこんだ。容赦はしなかった。倒れた宮坂が、下肢を痙攣させた。

コップに水を汲む。眼に巻きつけた布のあたりに垂らす。身動ぎをした。

「もう一発で、おまえは死ぬ。確実にな」

「ま、待ってくれ」

「待てんね」

「安井だ、美保署の」

「そいつが、おあつらえむきにやってきたんだな。そして坂口を連行した」

「部長刑事だよ、社長の友達だ」

首筋を軽く叩いただけで、宮坂は全身をふるわせた。

「テープにとったぜ、おまえが喋ったことは全部」

私は立ちあがった。自分の持物をなにか残していないかどうか、部屋の中を見回した。なにもない。雲丹(うに)をひと皿貸してあることを思い出した。一発蹴ろうかと思ったが、吐瀉物にまみれた宮坂を見て躊躇(ちゅうちょ)した。靴が汚れる。

「紐(ひも)は自分で解けよ。ナイフで切ろうなんて思うんじゃないぜ。肉にしっかり食いこんでるからな。ガスの火で焼くといい。ちょっとつらいが、肉よりさきに紐が燃える」

宮坂は動かなかった。足は縛っていない。その気になれば、立つのは難しくないだろう。後手で、ガスの栓を捻(ひね)ることもできるはずだ。

「早く解くんだな。そのまま朝になりゃ、一生、手でめしは食えんぞ。ひとつだけ教えといてやるが、ここはおまえの部屋だ」

私は宮坂のセブンスターをくわえ、火をつけた。それから部屋を出た。

4　波

まだ十二時にはなっていなかった。

海岸の方にむかって歩いた。路地の暗がりから、影のようにひとり出てきた。佐野だ。構わずに歩いた。佐野は黙って付いてくる。

「やけに冷えるな」

防潮堤のそばまで来た時、私は言った。階段を捜した。導くように、佐野がさきを歩く。オートバイが、四、五台突っ走っていった。

「どこも同じだな。夜中になると、あんな連中が幅を利かせてる」

「道路だけですよ」

階段があった。防潮堤の上には、かすかな風が吹いていた。夕方と較べると、ずっと穏やかになっている。

「俺が、あいつを殺すとでも思ったのか？」

「まさか」

「君は待ってた」

「夜は、なにもすることがありませんでね」

砂浜に出て、腰を降ろした。砂にはかすかな温もりがあった。波の音も、夕方と較べるとずいぶん穏やかになっている。漁火が、遠い陸地の灯のように、横一線に並んでいた。

「なにが獲れるんだ、いまは？」

「さあ、多分烏賊釣りの船だと思いますが」

「蟹は？」

「時期が早過ぎます。もうちょっと寒くなってからいらっしゃれば」

私は砂を掴んだ。さらさらと、膝(ひざ)の上にこぼした。佐野が煙草に火をつけた。一瞬だけ、佐野の顔のまわりがマッチの火で明るくなった。

「静かな海だ」

「荒れてましたよ。この二、三日、ひどい荒れ方でした。静かなのは、多分、今夜だけでしょう」

「また、台風がくるのかな」

「台風のあとだから、静かなんです。この海がほんとに静かなのは、真夏のひと月くらいのものですよ」

「竜太が好きなのか？」

「ゴンを、可愛がってました。ぼくが『潮鳴荘』に勤めたばかりのころ、貰(もら)ってきた犬なんです」

「君も、可愛がってたんだろう」

「ゴンの母親をね。米子(よなご)の実家にこの間までいました。病気で死にましたがね」

「血統は？」

「雑種ですよ。中学生のころ、道端で鳴いてるのを拾ってきたんですから」

砂を掴もうとして、小さな石に触れた。海にむかって投げた。水音は聞えなかった。

「坂口が、人に刃物をむけるなんて、どうにも俺には信じられん」

いる坂口なのか。

「しかし、現行犯だったんだろう？」

私の知っている坂口なら、やはりありえないことだ。だがいまの坂口は、私が知っている坂口なのか。

三か月前、投宿した東京のホテルの部屋で、坂口は私に殴りかかってきた。蒼い顔で、息を切らせながら、私を殴った。私はじっとしていた。黙って殴られていた。やがて坂口は椅子に坐りこみ、眼を閉じた。長い時間だった。私は、拳で切れた口の端の血を、舐めていた。悪かった、だいぶ経ってから坂口は呟くようにそう言った。口の端の傷が固まる前に、私は船に乗った。

「ぼくも、です」

「営業で、なにかまずいことがあったのか？」

「むしろ、好調だったと思います。大阪や東京からの団体が、ひと月さきまで入っていました。このところ、キャンセルがいくつかあるようですが」

「下山とは、揉めてたんだろう？」

「表面的にはなにも。嫌がらせみたいなものは時々ありましたが。それも、ちょっとしたことですよ。団体予約の電話が殺到してきて、客は来ないとか。大したことじゃありません。うちは固い客筋がありますから」

「いつごろからなんだ？」

「それは」

「いまの女将(おかみ)が入ったころからじゃないのか」

「まあ、時期的には重なってます」

私は煙草に火をつけた。

髪のきれいな女でね。若いが苦労してるから、分別は持っているんだよ。息子のためにも、それがいいような気がしてる。

再婚を決めた時、坂口はそう言った。東京の、いつものホテルのバーだった。月に一度は、坂口は上京してきた。得意先を回るためだ。東京だけでなく、大阪や名古屋や九州にも、しばしば足を運んでいただろう。旅行社任せにしない熱心さを、ずっと持ち続けていた。

再婚は、坂口が決める問題だった。私が口を出すことではない。おめでとう、とだけ言った。敦子が死んで三年半、よく我慢したものだと思った。旅館という商売には、女将の存在は欠かせないはずだ。

私と敦子のことを、坂口は知りはしないだろう。短い、恋だった。ほんの二か月。たった、三度の肉体関係。裏切ったのは敦子だったのか、それとも私だったのか。二か月の間、心は通い合っていたはずだ。だが、私はアメリカに留学することになった。一年間を、敦子は待つことができなかったのか。自分が裏切られた、私はそう思った。だが敦子は言ったのだ。婚約してからアメリカへ行ってくれと。それに対して、私は明確な返答をしなかった。言わなくてもわかるはずだ、そういう気持があった。しかし、どこかで逃げていなかったか。一介の学生にとっての婚約という重みから、逃げ腰になってはいなかったのか。

「社長とは、ずいぶん長いんでしょう」

「中学と高校の六年間一緒だった。あいつはボンボンでね、山陰から東京の学校に遊学してたってわけさ」

「一緒にサッカーをなさったって話を聞いてますが」

「六年間だ。それでやめちまった。もっとも、大学に入ると、飲み友達になっちまったがね」

「新藤さんは、剣道も」

「大学の三年間だよ。気紛れだったのが、いつの間にか本気になっちまってた。だけど、ものにゃならなかったな」

「東西対抗の七人抜きって話を聞いてますよ、ぼくと竜太くんは。知ってますか、竜太くんはもう四年も剣道に通ってるんです」

母親を亡くした時、剣道をはじめたということか。私は煙草を消した。石を投げようと思って、砂の中を探った。小さな貝殻のかけらのようなものが、ひとつ指さきに触れてきただけだった。投げても、大して飛んだようには思えなかった。

アメリカで受け取った、敦子の手紙を私は思い浮かべた。坂口に結婚を申しこまれ、気持が揺れ動いている。そんな内容だった。放っておいた。男の気をひく手管にちがいないと、ちょっと鼻白みさえした。二度目の手紙には、結婚する、とはっきり書いてあった。殴られたような気分だった。帰国しよう、と思った。思い止まったのは、未練な自分の振舞いを恥じたからか、それとも相手が坂口だったからか。

帰国した時、二人はすでに結婚していた。親父を亡くして『潮鳴荘』の社長になっていた坂口は、営業のためにしばしば上京しては、私のマンションを宿代りに使った。嫉妬したことはなかった、と思う。幸福な結婚生活だということが、坂口を見ていてよくわかった。私には、やることがあった。

「訊いていいですか？」

「なんだ？」

私は摑んでいた砂を、膝の上にこぼした。

「なぜ、この街にいらしたんですか？」

「友だちが心配になった」

「弁護士でもなけりゃ、なにもできませんよ。失礼な言い方ですが」

「わかってる。ただな、気になることがいろいろあるんだ」

「それだけ、ですか?」

「どういう意味かね?」

「社長が下山観光の事務所で刃物を振り回して逮捕された。それだけのことでしょう」

「それだけのこと、か」

　私は立ちあがった。佐野も腰をあげる。波打際にむかって歩いた。竜太が犬の屍体を引き摺っていた跡は、見定めることができない。深い闇だ。

「下山観光は、『潮鳴荘』のある場所にホテルを建てたがってるそうだな」

「他家の庭に、勝手に花壇なんか造れませんよ」

「造れるとしたら、どういう場合だ?」

「下山観光が『潮鳴荘』を買収した時でしょう。だけど売る理由はない。五年前に建てた新館の借金も、去年払い終えてます」

「君は、『潮鳴荘』でどんな仕事をしてる?」

「営業とか、番頭の見習いとか」

　打ち寄せてきた波に、私は掌を浸した。夜光虫の青いかすかな輝き。佐野が煙草に火をつけたようだった。ちょっと大きな波が来た。靴底が波に洗われる。顔だけ上にむけた。星屑。月は見えない。

　大学の二年の夏だった。私と坂口は、こんな空を眺めながら、並んで泳いだ。西伊豆の海岸だ。きれいに晴れた夜だったが、星はこれほど多くはなかった。あのころ、敦子はまだ私たちの前に現われてはいなかった。別の女の奪い合いを、坂口とやっていた。二十八歳になる、酒場の女だ。二十歳になったばかりのころで、五歳年長の女でさえひどく眩しく見えたものだ。

その奪い合いは、私の勝ちだった。もっとも、私たちが奪い合ったのは、女の肉体だけだった。臆面もなくクソ度胸を発揮した方が勝った、というだけのことだ。坂口は、女と肉体関係を結んだ結果のことを考えて、及び腰になったのだ。

俺は恋人を見つけるよ、情婦じゃなく、恋人をさ。ゆっくりと背泳ぎで泳ぎながら、坂口は負け惜しみを言ったものだ。どこにでもいる、ありふれた親友同士だった。

坂口は、卒業して一年間、修業のために都内のホテルに勤めた。敦子は、そのホテルのフロントにいたのだ。坂口が仕事で頭を一杯にしている間に、私は抜け駈けをした。いや、そうとは言えないだろう。坂口と私の間に、なにか約束があったというわけではない。ただ敦子が、職場の同僚に関係を知られることを嫌ったのだ。それでも、もうちょっと長く敦子との関係が続いていれば、私は坂口にだけは告白したはずだ。

「新藤さん、お泊まりは？」

「松井とかいう、小さな旅館だ」

私は濡れた手をハンカチで拭った。

「ああ、あそこの親父さんはよく知ってますよ。腕のいい板前なんだけど、庖丁を持たなくなっちまった。痩せた背の高い人です。お会いになったでしょう」

私が番頭だと思いこんでいた老人が、あの旅館の主人らしかった。

「つまらん料理がいっぱい並んでた」

「東京の料理屋で、板場を預かってた人なんです。ぼくは弟子入りを志願したんですが、あっさり断わられました」

「君は板前になりたいのか？」

「米子の小さな旅館じゃ、腕の振いようがないですがね。それでもお客さんには、おいしいものを食べて貰いたいです」

「番頭の見習い、と言わなかったか？」

「社長がぼくの親父と懇意なんです。親父は、これからの旅館は営業が勝負だと考えてましてね」

防潮堤の方へ引き返した。階段のところで、私はマッチを擦って足場を確かめた。

「俺を『潮鳴荘』に泊めてくれんか？」

「さあ、女将さんがなんとおっしゃるか」

「女将じゃ駄目だろうと思うから、君に頼んでるんだ」

ホテルの明り、道路の明り、防潮堤の上は浜よりいくらか明るかった。かすかにほほえんでいる佐野の顔が見てとれる。

「おやすみ」

私は防潮堤を道路の方へ降りた。

5　部屋

ロビーで、朝刊に眼を通した。

ロビーといっても、帳場のそばに応接セットがひとつあるだけだ。テーブルには、全国紙と地方紙が一部ずつ置いてあった。坂口の記事など、どこにもない。当たり前だ。一週間も前の事件で、死人も怪我(けが)人も出てはいないのだ。
五、六組の客が、老人に見送られて出ていった。宿の中は閑散としている。
「松井さん」

そばを通った老人を呼び止めた。

「今夜の客は？」

「日曜ですんでね。いまのところ、お客さんひとりだけで」

「あんたの庖丁を楽しみにしてんだがね。きのうみたいな料理ってことはないだろうな」

「料理が食えんとおっしゃるなら、宿を替えていただくしかありゃせんね」

「なんで、腕を腐らしとくのかね？」

松井の眼が、一瞬私の顔を射抜いた。私は煙草をくわえた。松井にも一本差し出す。

受け取って、松井はソファに腰を降ろした。

「あっしのことを、誰に？」

松井がマッチの火を出す。

「坂口さ、『潮鳴荘』の」

「なんで『潮鳴荘』にお泊まりにならないんで？」

「女将に嫌われてるらしい」

「お客さんはお客さんです。あそこだってそのはずですよ」

「坂口の友達ってのが、まずいらしいんだ」

私は煙を吐いた。松井の表情は動かなかった。白髪、細い眼、頑迷そうに引き結ばれた唇と、小鼻の脇から口の端へ伸びる傷痕のように深い皺。煙草を挟んだ指さきは、節くれ立っているがどこか繊細さを感じさせた。

「坂口は、よく知ってるんだろう？」

「亡くなった、隆一さんの親父さんはね。あっしみたいな板前あがりの者に、根気よく商売のやり方を教えてくだすったもんです」

「料理は仕出し屋のもので済ませろ、と教えてくれたわけか」

松井の表情が、ちょっと動いた。煙を吐くためかもしれなかった。

「坂口は、なんであんな真似をしたと思う？」

「なにをお訊きになりたいんで？」

「松井さんの考えさ」

松井が煙草を消した。無表情のまま立ちあがった。

「どこで飲んでも安心だって言ったな、きのうの晩」

「なにかありましたですか？」

「ボラれたような気がする。『桜貝』って店だったが」

「うちの名前、おっしゃいませんでしたね」

「やっぱり、カスリを取られてるのか。『潮鳴荘』は、そこんとこを突っ張ってるみたいだな」

あの店は、多分、下山観光に関係があるのだろう。カスリを取っている旅館の客は安くする。それ以外の客には、不当な料金を請求する。おそらく、この街の酒場の何軒かが、下山観光の経営なのだ。旅館は、客のトラブルを恐れる。多少のカスリなら、と眼をつぶっても当然だった。

「新藤さん、でしたね」

草色のジャンパーのチャックをかけながら、松井が言った。

「あっしの腕は、腐っちゃおりませんよ。腐ってんのは、この街でしてね」

「ほう、客かね？　それとも」

「両方ですよ。色気売り物にして客集める。集まってくる方だって、料理を食いたいわけじゃないんでね」

「そんなに乱れてるようにゃ、思えなかったが」

「腐りきっちゃいねえってだけのことです。だけども、腐ってきてます。一年一年、腐ってきてますよ。前は、いいとこでしてね。温泉と、海と、魚しかなかった」

「下山観光か？」

松井が背をむけた。私は煙草を消し、立ちあがった。

「いい料理出すとこだって、ないわけじゃありません。『潮鳴荘』の板前は、庖丁使えますよ」

「あそこの女将は、芸者上がりだろう」

「いい子でした。きのうお呼びになったこだまだって、いい子です」

「姉妹だそうじゃないか」

「芸者でも、あんなんならね。キャバレーから五人、十人って引き抜いてきたのは、客に帯解かせるために着物着てるみたいなもんですわ」

ふりかえって、松井が笑った。頑迷そうな口の線は、笑っても消えなかった。

「今夜の料理、期待してるぜ」

「なにも御存知ねえ。いい材料(ネタ)入れるのに、どれぐらいの手間かかると思ってんです?」

「『潮鳴荘』じゃ出してんだろう」

「よそで材料(ネタ)仕込んでんですよ。五十人、百人とまとまりゃ、それでも足は出やしませんが、うちみてえなとこじゃ」

「で、諦(あきら)めてるわけか。腐っていく街で、自分まで腐っていこうってわけか」

歩きかけた松井の足が、一瞬止まった。ふりかえらなかった。そのまま、何事もなかったように歩きはじめる。

小さな旅館だった。二階が四部屋、下が二部屋。詰めこんでも、三十人がせいぜいだろう。しかも、三十人などという団体が入ることはないにちがいない。土曜日でも、私のようなひとり客を入れるのだ。

二階の部屋に戻った。いつの間にか、きれいに掃除がしてあった。私は畳に寝そべり、煙草をふかしながら天井を眺めていた。

坂口と会いたい。そのための方法を考えた。どう考えても、無理だった。留置場を出るまで待つしかないのか。時間は、ない。いまいましいくらい、時間はない。

足音がした。寝そべっていると階段や廊下の足音がよく聞える。まだ客が残っていたのか。それとも私のような滞在客か。

ノック。声。晴子だった。

「ちょうどいい。お茶を淹れてくれ」

晴子は、黄色いジーンズに赤いセーターを着ていた。髪を垂らしている。固そうな髪だった。ポットの湯は新しくなっていた。

「あれから、どこかへ行ったの？」

「飲みになな。けたくその悪い街だ」

「なにかあったのね」

「なにも。しつこく女を勧められただけさ」

躰を起こした。着物は姉の方が似合う。この女は、躰の線が浮き出すような服がいい。

「すごい胸だ。尻もでかい」

「ひっぱたくわよ。花代がついてるわけじゃないんだから」

ふっくらとした手。パールピンクのマニキュア。お茶に手を伸ばさず、晴子の手の方に伸ばした。軽く弾き返される。

「仲間は、何人くらいいる？」

「どういう意味？」

「この街の芸者さ」

「四十人ってとこかしら。増えたり減ったりしているから」

「いくらだ？」

「なにが？」

「君を抱きたい」

「あたしは、そんなことはしません」

睨みつけてきたが、怒っている顔ではなかった。濃い眉をきれいに揃えている。

「金でどうにでもなるって話を聞いたがな」

「どこで？」

「なんとかいう、感じの悪いバーだ」

「そういう女も、いるにはいるわ」

「シーズンになると、キャバレーやトルコから出張してくるのか？」

「知らない」

晴子は窓際の椅子に腰を降ろした。私は茶を啜った。どうすれば坂口に会えるのか、また考えた。

「坂口は、なんで出されないんだ？」

「刃物を振り回したのよ」

「怪我人が出たわけじゃない」

「罪は罪でしょう?」

「そいつは裁判所が決めることだ。やつは警察の留置場だろう」

「難しいことは、わかんないわ」

「竜太、どうしてる?」

晴子が首を振った。私は茶を飲み干し、立ちあがって晴子のそばに行った。海は荒れはじめていた。きのうの夕方ほどではないが、打ち寄せてくる波の先端が白く砕けている。鳥が飛んでいた。海猫なのか鷗(かもめ)なのか、やはり私にはわからなかった。もしかすると、海猫も鷗も同じ鳥なのかもしれない。訊く気は起きなかった。信天翁(あほうどり)のことを白鷺(しらさぎ)と言って、船で笑いものにされたことがある。海で死んだ船乗りが信天翁になるんだぜ、停年近い甲板長(ボースン)がそう教えてくれた。本気で信じているとは思えなかったが、冗談ばかりとも思えない口調だった。

晴子の髪に触れた。見た感じより、柔らかかった。かすかに、香水の匂いがしみこんでいるようだ。

「なにをしに来た?」

「遊びによ。退屈だったから。二、三日泊まるつもりだって、きのう言ってたじゃない」

「二、三日で、坂口は出てくるかな?」

「わかんないわ、そんなこと」

「姉さん、どうしてる？」

「また行く気？」

　髪から手を放した。煙草をくわえ、むき合って腰を降ろす。晴子は海を見ていた。

「冬は冷えそうな街だな」

「そこがいいって言うお客さんもいるわ。海がね、荒れるとこがいいんですって」

「眺めるだけならな」

　船の上では、やはり凪が一番だ。時化の海に慣れるのに、一年はかかった。それは慣れたというだけで、決して愉快なものではないのだ。

「なぜ、船に乗ってるの？」

「仕事だからな」

「船じゃなくったって、できる仕事でしょ」

「君は、なんで芸者をやってる？」

　晴子が笑った。煙草をくわえ、ジーンズのポケットから小さなジッポを出して火をつけた。女物のジッポもあるらしい。

「こんな話、やめにしない」

「君が言い出したことだぜ」

二度煙を吐いただけで、晴子は煙草を消した。フィルターには、紅がついていなかった。化粧はしていない。化粧をしていない方が、この女はずっときれいだ。

「散歩でもしないか。この街を案内してくれよ」

「なにを見たいの？」

「別に。退屈なだけさ」

「いくら待ったって、義兄さんは出されはしないわ」

「帰れってことかね？」

晴子が立ちあがった。私はくびれた腰のあたりを視線で舐め回した。晴子がセーターの裾を引き下げる。

「なんでマニキュアを落とさないんだ？」

「逆よ。マニキュアだけしてきたの」

私は立ちあがった。靴下を穿くと、晴子がスエードのジャケットを着せかけてきた。

6 試合

私が最初に考えたよりも、ホテルや旅館の数は多そうだった。海際だけでなく、奥行もかなり深い。

小さな河があった。その河に沿って細い散策路があり、旅館が建ち並んでいた。大きなホテルは、海際にかたまっているようだ。歓楽街も、昨夜歩きまわったあたりだけではなかった。海とは反対側の奥の方に、安直な酒場が十数軒、扉と袖看板を並べている。

「横に拡がれなかったんだな、この街は」

「いろいろと難しいことがあるのよ。『潮鳴荘』のむこう側は国定公園だし、山の持主はこの温泉が発展するのを苦々しく思ってるっていうし」

「発展か」

「どうでもいいことよね、あたしたちには」

晴子は私の腕に軽く手をかけていた。十一時になろうとしている。河沿いの散策路で、何人かの顔見知りと擦れちがったようだ。声をかけたり、笑い合ったりしている。それだけだった。芸者が客と腕を組んで歩いていたところで、なんの不思議もない。

温泉街からさらに四キロばかり奥に入ったところには、小さな村があるようだった。駅へ行くバスは、直通のやつと、その村を経由して行く二本がある。タクシー会社もあった。看板の下に、小さく下山観光と書かれている。

「下山観光の事業は、どれくらいの規模なんだね？」

「さあね。ホテルでしょ、タクシーでしょ、ゲームセンターと酒場、喫茶店、ストリップ。仕出し屋もね」

小さな街の、小さな複合企業(コングロマリット)というわけだ。それでも、この街を完全に牛耳(ぎゅうじ)ってしまえば、ちょっとした会社の規模などとは比べものにならないだろう。

スマートボール。懐しさにひかれた。こんなものが、いま時あるのか。入ろうとすると、晴子が止めた。

「景品に黴(かび)が生えてるわ」

「なにか取りたいわけじゃないさ」

「偏屈なおじいさんよ、商売にもならないのに、台を並べてるだけ」

入った。禿頭(はげあたま)の、皺(しわ)の多い老人が、昔ながらの木製の丸椅子(いす)に腰を降ろしていた。多分、主人なのだろう。しかし、いらっしゃいませという素ぶりも見せない。

私はポケットから百円玉をいくつか摑み出し、台のガラスの上に置いた。ようやく老人が私に眼をくれる。

「ここだ」

老人が台のひとつを指さした。

「台を選ぶのは客の自由だろう。俺(おれ)はここでやりたい」

「故障だよ。玉は打てねえ」

「じゃ、隣りだ」

「そいつも、故障だ」

「商売、やる気があるのかね？」

晴子が、私の腕を引いた。老人が椅子から腰をあげる。

「どんな商売やろうと、俺の勝手じゃねえのか、若けえの。ここはな、女なんか売ってる、薄汚ねえ店たあちがうんだ」

「かなり薄汚いぜ。客が入ろうが入るまいが、掃除くらいはしとくもんだ」

私は丸椅子のひとつを、手で払った。埃が舞いあがる。

「よく見てみな」

老人がにやりと笑った。前歯が一本しかなかった。

「故障してねえ台の椅子は、毎朝雑巾かけてんだ」

「なるほどね」

椅子だけでなく、台のガラスもきれいに磨かれている。私は、老人が指したのではない一台を選んだ。

「玉をくれよ、親父さん」

「やめた」

老人がまた同じところに腰を降ろした。

「今日は、店はもう閉める。あんたひとりじゃ、商売にゃなんねえからな」

晴子がまた腕を引く。私は、故障した台を軽く蹴上げた。

「なにしやがんだ」

「修理してやった。動くかもしれんぞ。店を構えてる以上、愛想くらいはよくしろ。俺は不愉快な目に遭わされるのが嫌いでね」

晴子が本気で腕を引いた。私は店を出た。罵声は追ってこなかった。ふりかえると、老人は入っていった時と同じ姿勢で丸椅子に腰を降ろしていた。

「確かに偏屈な爺さんだ」

「コンピュータゲームを入れないかって話も、ずっと断わってるそうよ」

「スマートボールなんて、俺はこの十四、五年、見たこともないな。機械だって作ってるとこはないだろう」

また河沿いの道に出た。柳の葉はすでに黄色く色づき、かすかな風でもひらひらと舞い落ちてくる。川面からは、湯気が立ち昇っていた。煙草をくわえる。マッチを切らしていた。

「君のジッポを貸してくれ」

晴子がジーンズのポケットに手を突っこんだ。薄べったく、細長いジッポだった。大してオイルが入るとは思えない。

「なんで、ジッポを使うんだ？　女の子は、もっと可愛いのを使うもんだぜ」

「可愛いジッポだと思わなくて」

煙を吐いた。河のむこうに小さな木立ちが見える。橋があった。

「あそこは？」

「お寺よ、瑞元院っていうの」

見覚えのある男が、橋を渡ってきた。宮坂だ。革ジャンではなく、ざっくりした茶色のトックリセーターを着ていた。手首に大袈裟な繃帯を巻いている。

私たちを見て、宮坂は近づいてきた。晴子が私の腕に回した手に力を入れる。

「よう、こだま」

晴子が横をむいた。私は黙っていた。宮坂はちょっと私に眼をくれただけだった。

「瑞元院で、おまえの義理の甥っ子が棒振り回してやがるぞ」

「苛めたんじゃないでしょうね」

「ふん、あんなガキなんざ」

河に唾を吐いて、宮坂は歩いていった。

「いやなやつ。いつもはもっとしつこいのよ」

「気分でも悪かったんだろう」

私は歩きはじめた。橋を渡ろうとすると、晴子が足を止めた。私は瑞元院の方を顎で示した。

「おなか減ってるのに」

「昼めしにゃちょっと早いぜ」

　橋を渡ると、未舗装の道になった。粗末な山門だったが、境内は広い。

　竜太と佐野が、二人並んで竹刀を振っていた。竜太は稽古着を着ている。三尺六寸の竹刀が短く感じられるくらいだ。しっかりした振りだった。三尺八寸を振っている佐野は、まるでサマになっていない。

「そういうのを、付け焼刃っていうんだぜ」

　佐野と眼が合った時、私は言った。竜太が顔を伏せる。

「竜太くん、なにもされなかった？　下山観光の宮坂が覗いたでしょう」

　竜太は、私よりも晴子に、はっきりした嫌悪感を示した。義理の母親とどんな関係か、推測はつく。

「ちょっとからかわれただけです。気にしちゃいませんよ」

　佐野が繕うように言った。

　私はジャケットを脱いで晴子に渡し、佐野の竹刀を執った。竜太が顔をあげる。二、三度軽く素振りをくれた。船にはいつも木刀を持ちこむ。それも素振り用の太いやつだ。竹刀の感触は久しぶりだった。

「俺から一本取れるか、竜太？」

　竜太の眼が光った。不意に、敦子の顔が思い浮かんだ。私がアメリカへ留学すると告げた時、敦子はこういう眼をした。

「四年もやってるんだってな。俺の竹刀に触れるかな」

私を見つめたまま、竜太が頷く。私は石畳の上で靴と靴下を脱いだ。

「新藤さん、防具もなしに」

「竹刀で死んだやつはおらんよ」

竜太はきちんと一礼し、腰を落として竹刀を合わせ、中段に構えた。いい構えだった。かたちだけではない。剣尖に気迫がこもっている。待った。表に出た気迫というやつは、しぼむか爆発するかだ。静止の状態では、すぐに限界がくる。

眼に力をこめた。視線で圧倒した。撥ね返すように、竜太が打ちこんできた。真っ向からの面打ちだった。ちゃんと間合に踏みこんでいる。しかし、私の引き足の方が速かった。横にいなす。背をむけた竜太が、くるりとふりかえり、遮二無二面を打ってくる。もう一度いなし、擦れ違いざまに軽く腰を打った。竜太が膝をつく。すぐに起きあがった。

「構え直せ。初太刀をはずされたら、必ず構え直せ」

肩で息をしていた。額に汗の粒が浮いている。口を閉じろ、と私は言った。竜太が口を引き結ぶ。二人とも構えは中段だ。合正眼。この状態では、はっきりと力量の差が出てしまう。劣っている方にも、それがよくわかる。

私は竹刀を振りあげた。右の上段。上から圧倒した。力が伯仲していれば、危険なのは突きだが、竜太は私の胴の誘惑に勝てないだろう。かすれた気合。小手を打ち、一歩引いた。竜太の竹刀が石畳に転がって音をたてる。

「触っただけでも、防具がなきゃ痛いもんだろう」

竜太が竹刀を執った。中段。口は引き結んでいる。汗が顎のさきから滴っていた。私は剣尖を下げた。小手を狙ってくる。そう思った。しかし竜太は、真っ向から面を打ってきた。抜き胴を取るかたちで、擦れ違った。

また合正眼。

私が学生時代に通った道場の師範は、稽古をつける時決して防具をつけさせなかった。試合前の稽古では、木刀で対峙したものだ。合正眼に構えると動けなかった。ほんのわずかな時間で、竹刀の数倍の消耗が襲ってきた。私は大学の剣道部にも籍があって、そこで防具をつけた稽古に参加すると、まるで竹刀がおもちゃのように思えたものだ。

自分をふるい立たせるように、竜太が気合をかけた。そのまま腰を落としてへたりこむ。口を開け、荒い息をしていた。私は、無意識に本気で構えていたことに気づいた。

佐野に竹刀を返した。

「どこの道場に通ってるんだ？」

「美保駅前の学習塾の先生が、希望者にだけ教えておられるんです。まだ二十代の、若い先生ですがね」

小手を隙けた時も、いきなり面に打ちこんできた。無謀といえば無謀だが、小手、面、と狙ってくるよりずっと勇気がいる。まして防具なしだ。

「いい剣道を教えてるよ」

「ちょっと乱暴だって噂ですが、竜太くんには合ってるみたいです」

私の師範は、父の若いころの友人だった。父は私が七歳の時、破傷風で死んだ。三十三歳だった。あまり記憶は残っていない。いまの私よりも若かったのだ。

家の物置から古い防具を見つけ出したのは、高校三年の時だった。母に訊いて、なんとなく道場を訪ねた。無意識に、父親を求めていたのかもしれない。最初の日に、竹刀で打ち据えられた。サッカーで鍛えた躰だったが、痛みで二晩眠れなかった。三日目に、竹刀だけ持ってまた道場へ行った。その時、はじめて竹刀の握り方から教えられた。剣道をやめたのは、手に怪我をしたくなかったからだ。容赦なく打たれた。肋骨を叩き折られたこともある。肋骨など何本折れようと構いはしなかったが、手だけは怪我をしたくなかった。

竜太がようやく立ちあがった。まだ肩で息をしている。私は石畳の縁に腰を降ろして足の裏を払い、靴下と靴を履いた。

「おまえより、ずっと荒っぽい稽古をしてきたんだ。俺が勝って当たり前だ」

竜太が頷く。私は晴子が着せかけてきたジャケットを羽織った。

「何歳だ？」

「十二です」

「中学一年だな」

「剣道部に入ってます。道場にも通ってます」

「あと十年、おまえは俺に勝てやせんよ」

竜太が眼を伏せた。私は煙草をくわえた。

「十年っていや、竜太くんはぼくとそれほど違わない歳だ。躰だって大きくなってる」

竜太にタオルを差し出しながら、佐野が言った。くわえた煙草に、晴子がジッポの火を出した。

「俺は老いぼれてるって言いたいのか」

「ま、若いとはいえないでしょう」

「だけど、この坊主に負けるほどじゃないさ。見てたろう。こいつは構えたまま、へたりこんだ」

「そりゃ」

「打ちこんでからへたりこむ。その根性もなかったんだぞ」

竜太は顔をあげなかった。私は歩きはじめた。山門を出るまで、晴子が何度かふりかえった。

「ひどいことを言うのね、子供に」

「腹が減ったって言ってたな」

「かわいそうだって思わないの」

「女の眼から見りゃ、そんなもんかな。それにしても、君はあの坊主にひどく嫌われてるみたいじゃないか」

「無理ないわ、突然おばさんになったんだから」

「昼めし、なにが食えるんだ？」

「お寿司（すし）か、お蕎麦（そば）」

「肉は食えんのか？」

「美保駅の方に行かなきゃ駄目ね」

「いいさ。下山観光のタクシーがある」

　橋を渡る時、私は流れに煙草を捨てた。

7　手

レモンを二つ買った。晴子が妙な顔をした。美保署は、駅から二ブロック離れた街の中央通りに面していた。二階建てのくすんだような古い建物だ。

「坂口隆一に差し入れだがね」

受付には、事務服を着た若い女の子がいた。

「生ものは禁じられてます」

「レモンは生ものかね？」

「レモン？」

女の子が私の手もとを覗きこむ。それから用紙を差し出した。私が書きこんだ用紙を持って、女の子が奥へ消えた。五分ほど待った。制服の警官が三人ばかり出入りしただけだ。東京の警察と較べると、のんびりしたものだった。人口一万六千。小さな町だ。

「あんたか、坂口に差し入れは？」

女の子と一緒に、中年の男が出てきた。いやな眼をしている。刑事の眼とはちょっとちがう。見られた者を不快にするような眼だ。私は、ただ頷いた。

「どういう気だ、レモン二つとは？」

「悪いかね。ブタ箱の臭い飯じゃ、ビタミンが不足すると思ってね」

「ふざけてんのか？」

「警察へ来てふざける馬鹿はおらんだろう。とにかく、差し入れはできるはずだ」

男が用紙に眼をやった。

「職業が書いてない」

「無職だと、差し入れもできんのか？」

「舐めんじゃない。真面目に書くもんだぞ」

「船員」

「会社は？」

「あんたに関係ない」

男が笑った。用紙を引き裂く。

「思い切ったことをするね、安井さん」

「ほう、俺を知ってんのか？」

「噂にゃ事欠かん人だからね。特に美保温泉あたりじゃ」

眼の前の男が、下山と関係の深い安井だというのは、ただの勘だった。田舎町の警察に、これほど感じの悪い男はそう何人もいないだろう。

「とにかく、どこの誰とも知れない人間の差し入れは、受け付けられないな」

「じゃ」

私はそばに立っている晴子の腕を摑んだ。

「坂口の義理の妹からだ。不服かね」

「こだま、か」

安井が笑った。笑うと多少愛敬のある顔になる。四十を出るか出ないかというところか。横眼で睨むような、感じの悪い眼を除けば、どこといって特徴のない男だ。

「じゃ新しく用紙を書け。こだまが書くんだぞ」

私が促すと、晴子が用紙に鉛筆を走らせた。安井はにやにや笑いながら眺めている。

ようやく、レモン二つの差し入れが受け付けられた。

「田所晴子ね。新藤剛がほんとの差し入れ人だと、坂口にわかるかな」

わかるはずだった。坂口にレモンが届けば、私であることは必ずわかる。サッカーの練習のあとに、二つに割ったものを分け合って齧るのが、あのころの私たちの習慣だった。

「釈放は、いつだね？」

「釈放？　十日の拘置延長が認められてるからな。それで駄目な場合、また十日延長できることになってる」

「それで結局不起訴か」

「そりゃないな。現行犯にそりゃない。坂口の処分は、起訴か、起訴猶予のどっちかだ。もっとも、俺たちじゃなく検事さんの決めることだがね」

「実際の取調べは、あんたらが担当してるんじゃないのか？」

「それこそ、君には関係ない」

愉快そうに安井が笑う。それでも眼のいやらしさは少しも消えなかった。

ステーキというわけにはいかなかった。ジンギスカンと看板の出た小さな店だ。

「いつまで、ふくれてんだ」

「だって」

晴子が煙草をくわえた。ライターは私が持っていた。火をつけてやる。

「返してよ。あたしのジッポ」

私も煙草に火をつけた。肉が運ばれてきた。山陰の田舎でジンギスカンというのはめずらしい。じゅうじゅうと音をたてて、肉が焼けはじめる。うまそうなのは音だけで、固い羊肉だった。

「いやなやつなんだから、あの刑事。義兄(にい)さんを引っ張っていったのも、あいつよ」

晴子はあまり肉を食べない。ビールを飲み、玉ネギや椎茸(しいたけ)を口にしているだけだ。

「新藤さん、なんであいつの名前知ってたの？」

「胸に名札をつけてた」

「うそっ」

「背広のネームがチラッと見えたのさ」

疑わしそうな顔をしたが、晴子はそれ以上なにも言わなかった。

「下山ってのは、どんな男なんだ？」

「よく知らないわ、お座敷がかかることなんてないから。見た感じはスマートよ。旅館の主人というより、ホテルの社長って感じね」

「ホテルが本業ってわけじゃないだろう」

「どれが本業といったって、おかしくはないわ」

半分ほど、肉を残した。まったく靴の底のような肉だ。大した商店街も繁華街も見当たらなかった。特別の産業があるわけではないらしい。美保温泉の玄関口というところか。勤め人は、多分、米子の方まで出るのだろう。列車に乗れば一時間だ。

「君たちは、美保温泉に何年になる？」

「三年とちょっとね。あたしが高校を卒業して、ここへ移ってきたの」

「君の姉さんと坂口は、そのころ知り合ったのかな？」

「そうよ。二人とも愚図だから」

「芸者が面白いか？」

「仕事だもん」

「好きで芸者やってんだろう？」

「ほんとに腹の立つ言い方をすんのね」

「姉さんは、ずっと芸者かね？」

「身元調べなんかよしてよ。なんで昔の恥まで晒さなくちゃなんないのよ」

「恥ね」

勘定を払い、私たちは外へ出た。中央通りを歩き、洋品屋を見つけて下着とセーターを一枚買った。着替え一枚、持ってきていない。旅行をする時は大抵そうだ。必要なものがあれば、現地で買えばいい。

船に乗る時だけ、私はいつも大きな荷物を担いでいく。外国の港町では、女はすぐに見つかっても、日用品を売っている店を捜すのは大変な場合が多い。

流しのタクシーはいなかった。駅の方へ戻り、電話で呼んだ。東京ではめずらしい小型車がやってきた。

「なにをしに来たの、新藤さん？」

タクシーの中で、晴子が肩にもたれかかってきた。

「坂口に会いにさ」

手を握られた。マニキュアをした爪が、軽く皮膚をつねる。されるままになっていた。

「やっぱり、船員の手じゃないのね。お医者さまの手」

「カラテをやるかって、リオの女に訊かれたことがある。硬いんだそうだ」

掌の皮は、確かに厚く硬くなっていた。素振りを欠かさないからだ。船ではどうしても運動不足になる。私のような船医は、特に躰を動かす必要もない。

七年前、私は船医になった。船会社と契約を結び、一年のうち八か月間船に乗っているのだ。残りの四か月は、ほとんど遊んで暮している。三か月乗ってはひと月休みという具合で、普通の船員と較べると道楽のような仕事だった。事実、その船会社と契約している医者のほとんどは、現役を引退した老人たちばかりだった。

外科医だった。人間の躰を切り刻むのが、仕事だった。専門は胸部外科。私がアメリカで勉強してきたのは、冠動脈のバイパス手術だった。主に狭心症や心筋梗塞の外科的療法に用いられる手術だ。最近は日本でもかなり普及したが、十年前はアメリカで技術を学んできた一部の医者だけがやる手術だった。

私のクランケのほとんどは、老人だった。子供や青年が、狭心症や心筋梗塞で苦しむ例はあまりない。

人間の胸を開き、心臓を摑み出し、死にかかった心筋に新しい血を注いで蘇らせる。そんな仕事が面白かった。ほとんど愉しんでいた、といってもいい。先輩たちが、大きな手術のあとに、必ず酒を浴びるように飲んで忘れようとしているのを見ると、不思議でならなかった。人間の躰を切り開くのが異常な行為だったとしても、ほとんどの場合、それによって命が救われているのだ。

私は若かった。人間の命というものの意味を、頭でしかわかっていなかった。

「大きな手ね」

晴子はまだ私の手を弄んでいる。道路は海沿いになっていた。風で押し倒されたような恰好の松、岩場、打ち寄せて砕ける波。浜はもっとさきだった。私がきのうの夕方バスを降りたのは、浜の端にある停留所だった。まわりに、人家らしいものはなかった。小高い山があるだけだ。それでも、そこで降りたのは私ひとりではなかった。竹籠を背負った老婆がひとり、一緒に降りた。老婆は私と反対に、山に続く道をとぼとぼと歩いていった。山のむこう側に、多分、小さな村でもあるのだろう。

「君は、恋人は？」

「いないわ」

即座に答えが返ってきた。私は煙草をくわえ、晴子のジッポで火をつけると、窓のガラスを降ろした。潮の匂いのする風が吹きこんできた。

「恋人のひとりや二人、いてもいい年ごろじゃないのか」

「余計なお世話じゃなくて」

「そうだな」

パールピンクのマニキュアをした手が、私の膝の上に乗っている。白い手だった。白い手に、パールピンクはなぜか似合わなかった。赤い、動脈血のような色が合うにちがいない。窓から煙草を捨てた。それから晴子の手を握った。力をこめた。

「痛いわ」

「感じるのかね？」

「当たり前でしょ。竹刀を握るみたいに握ったりしないで」

竹刀を握った時、右手には大して力が入っていない。力が入るのは、打ちこむ時だけだ。私の右手は、力ならいくらでも出せた。構えた竹刀を支えていることもできた。それは指というより、手が、腕が、やることだった。指は動かない。思う通りには動かない。誰が見てもわかりはしないが、動かないということを私が一番よく知っている。ほんのちょっと、肉眼では判別できないくらいの細かな指さきの動きが、時には命を左右することもあるのだ。

浜が見えてきた。私が一時間近くかけて歩いた距離を、車は呆気ないくらいの時間で通り過ぎた。

「今夜も、お座敷かけてくださる？」

媚を含んだ言い方ではなかった。暇だから遊びに行くわ、そう言われたような気がした。

「泊まるつもりなら、来いよ」

「つまんない言い方をするのね」

「俺だって、男さ」

「泊まるだけの女なら、ほかにいくらでもいてよ」

「じゃ、ほかの芸者を呼ぶことにする。ここはそれが売物の温泉らしいからな」

パールピンクの爪が、ちょっと強く私の手の甲に食いこんでいた。

車が、松井旅館の前で停まった。

8　玉

店の看板を見あげた。ほとんどペンキが剝げかかっている。奥田という字が、かろうじて読み取れた。

老人は、同じ椅子に同じ恰好で坐っていた。私は構わず、きれいに磨かれた台のところに腰を落ち着けた。

「閉店と言ったはずだぜ」

「閉店なら、表は閉めとくもんだ。俺が気が短いのはわかっただろう。それに、止めてくれる女もいない」

「あの女っ子、どうした？」

「風呂だろう。それからきれいな着物に着替えて、座敷を回って歩くのさ」

「なんで連れてこなかったか、と訊いてんだよ」

「振られた、ってとこかな」

私は百円玉を台のガラスの上に放り出した。

老人が腰をあげ、丸椅子の脚を摑んで振りあげた。そのまま私に近づいてくる。

「蹴っ飛ばされた台の仕返しでもしようってのかね、奥田さん」

「あの台は、毀れちまった」

「何年前の話だ？」

「おまえが蹴ったからさ」

「その椅子でぶん殴ってみるといい。俺をじゃないぜ、台をだ。機械ってのは、そんなふうにすると動き出すこともある」

「本気だぜ、一発ぶちかますぞ」

私はじっとしていた。殺気はない。眼も穏やかなものだ。

「いやがらせのつもりか？」

「ひねたじいさんだ。始末におえんな」

「いくら老いぼれたってな、頭叩き割る力ぐらい残ってら」

私は煙草をくわえた。ポケットには晴子のジッポがあった。

「返すのを忘れちまった」

「なんだと」

「椅子を降ろせよ。くたびれるだろう」

奥田はちょっと頭をあげ、椅子を降ろすとそのまま腰を落ち着けた。

「煙草、一本くんねえか」

私はセブンスターを出し、ジッポで火をつけてやった。

「なんだって、奥田さん」

「スマートボールなんかやってんだ、って言いてえんだろう？」

奥田が、濃い煙を吐いた。笑う。一本だけの前歯が、妙に目立った。耳が大きく横に張り出しているので、老いた二十日鼠のような感じだった。茶色の上着は、ひどくくたびれているがツイードだった。襟が皺だらけのシャツ、膝の抜けたズボン。物はいい。ただくたびれているだけだ。

「坂口を知ってるかね、『潮鳴荘』の？」

奥田の眼がちょっと動いた。

「隆一はガキの時分、よく遊びにきたもんさ。そのたんびに親父にどやされてな。いつもよく出る台をあてがってやったんだ」

「スマートボールをやりにきたのかい？」

「中学は東京に行っちまいやがった。スマートボールをやらせたくねえんで、親父が無理に行かせたのよ」

「俺はやつと、ずっと学校が一緒だったんだ」

煙草を床に捨て、踏み潰した。奥田が眼を剝いた。

「床を汚されたくなかったら、灰皿くらい出すもんだぜ」

「捨てる前に、灰皿って言うのが礼儀だろうが」

「ここで礼儀が通じるとは思わなかった」

奥田が立ちあがり、アルミの灰皿を持ってきた。私は床の吸殻をつまみあげ、灰皿の中に落とした。

「学校が一緒だと?」

「悪いかね?」

「あいつは、東京の学校で骨抜きになりやがった。そんなもんさ。若い者はみんな、都会で骨抜きにされて帰ってくる」

「じいさんはどうなんだ?」

「俺ゃ、都会に出ようなんて、一遍も考えたこたあねえ」

「スマートボール屋やって、老いぼれてってわけか。故障の台ばかり並んだ店は、なんとなくあんたに似てるぜ」

「誰だって歳とるんだ。ガタもくる。それをつべこべ言うやつあ、てめえが歳とらねえと思ってる馬鹿さ」

「坂口は、骨抜きだったのか?　いままでずっと骨抜きのままか?」

奥田は答えなかった。私はもう一本煙草をくわえた。

「坂口を留置場から出したい」

「いずれ出てくるさ。なにもやっちゃいねえんだろうが」

「美保署に、知り合いでもいないのかね？」

「なんで俺が？」

「客の入らんスマートボール屋を、何年もやってる。そのくせ、貧乏してるようにゃ見えん」

「易者か、おまえ」

「坂口の話を、してくれよ」

「四年前、女房に死なれた。新しい女房を貰(もら)った。ここへ来たら、いつだって玉を弾(はじ)かせてやった。ガキの時分と同じようにな」

「じゃ、俺にも頼む」

「おまえは隆一じゃねえ。どこの馬の骨かも、俺ゃ知らねえんだ」

「新藤って者(もん)だ」

「名乗って通用する玉かよ」

奥田が煙草を消した。

「下山を知ってるかね？」

「あのガキはほんとに出来損なった。隆一は、あれでましな方さ。なんで警察は下山のガキをパクらねえで、隆一をパクったんだ？」

「俺が訊きたいくらいだね」

奥田が立ちあがった。台のむこう側に回り、玉を二十個ほど出した。玉は台のガラスの上を音をたてて手もとまで転がってくる。

「百円ぶんだ。それだけ遊んだら帰りな」

ひとつずつ打った。鳥の卵のような感じのする玉だ。ほんとうは白いはずだが、薄汚れて灰色に見えた。

「入らんぞ、ひどい台だ」

「てめえで選んだ台だろうが」

釘も錆びていた。鉄の釘のような赤い錆ではない。青黴でも生えたような感じだ。

「松井旅館の主人を知ってるかね？」

「ガキの時分からの友達よ。寛がどうかしやがったのか？」

「腕を腐らせてる。あんたがスマートボール屋やってるのとは、ちょっとちがうみたいだな」

「腐っちゃいねえ。都会へ出て行って、腕上げてきたのは寛くらいのもんだぜ。おまえは、あいつが庖丁を使うとこを見たことがねえんだろう」

「せっかくの腕を使わん。だから腐ってる」

「お節介な野郎だな。やっぱり椅子で頭割られてえか」

「あんたはそんな人じゃない。暴力なんてもんは嫌いなはずだ。顔に書いてあるぜ」

奥田がちょっと顎に手をやった。いっそう二十日鼠のような顔になった。十個出る穴に玉が入った。入ったのはそれだけだった。

私は煙草をくわえた。玉を全部吸いこんでしまった台を、ぼんやりと見降ろしていた。なにもしていない。この街に来てから丸一日が経とうとしているのに、私はまだ坂口と会ってさえいないのだ。なんとなく、事件の輪郭のようなものは摑めた。だが肝心なのは、なぜ坂口がそれをやったか、ということだ。

外に眼をやった。晴れている。夕方にはまだ少し間があった。

「まだやる気かよ、おい？」

奥田が言った。私は百円玉を出した。

「やるんなら、あっちの台にしな」

「ここでいい」

「入りゃしねえぞ」

「入ったとこで、景品なんて置いてありそうもないしな」

「勝手にしやがれだ」

スマートボールをやった。そんな記憶はある。親父に連れていかれたのではなかったか。親父が死んだあと、おふくろは庭の敷地に十二部屋あるアパートを建てた。その家賃と、おふくろがはじめた小さな喫茶室で、私と妹はそれほどの貧乏は味わわずに育った。国立大学なら、医学部を選ぶこともできた。おふくろが死んだのは、私が大学二年の時だった。クモ膜下の出血。苦しんだのはひと晩だけで、呆気ないものだった。親父は勿論、おふくろもまだ死ぬ歳ではなかった。

一年後に、妹が結婚した。平凡な地方公務員が相手だった。私は家を明け渡した。アパートの家賃は、折半にすることにした。いまも、六部屋分の家賃が、毎月私の口座に振りこまれている。船を降りると、ひと晩か二晩妹の家に泊まり、姪を相手にして遊ぶのが習慣になっていた。ほとんど主のいない私の住まいは、都心近くにある小さなマンションだった。

玉がなくなった。私はまたポケットから百円玉を出した。奥田の舌打ちが聞えた。しかしなにも言わない。

下山と会った方がいいのか。私は考えはじめた。会うとすれば、どういうかたちがいいのか。まともにぶつかったところで、警察での供述以上のものはなにも出てはこないだろう。下山というのがどんな男かさえ、知らない。

下山観光のチンピラを痛めつけたところで、もう大したものは出てきそうもなかった。

「下山と会うにゃ、事務所を訪ねりゃいいのかね？」

「大志はいねえよ、確か神戸のはずだ」

「神戸に住んでんのか？」

「仕事だろう。二、三日すりゃ戻ってくんじゃねえか」

「その時は、事務所かね？」

「知るか、俺が。大志のお守りじゃねえや」

煙草をくわえた。玉が、十の数字の穴に落ちた。二回目だ。釘がいかれてやがる、奥田が呟いていた。
二、三日は、私にとって長過ぎた。いや、留置場の坂口にとって、長過ぎる時間だ。神戸へ行くか、私はちょっと考えた。しかし、下山に会ってなにを訊けばいい。痛めつけて吐かせたところで、それがほんとうかどうか私には判断の術もない。
苛立ちは抑えていた。ただ玉を弾き続けた。十の穴に、二つ続けて入った。調整しなくちゃなんねえ、奥田が真顔で呟いた。台の上に置いた私の煙草に、無断で手を伸ばして火をつける。静かだった。玉を弾く音、玉が釘にぶつかる音、聞えるのはそれだけだ。景気のいい音楽もない。また十の穴に入った。入る穴はそこ一か所だけだ。私は盤面の右に玉を集中させた。

「下山の留守を仕切ってんのは、江原ってえ専務だ。こいつは税理士だか会計士だか、とにかくなんか肩書持ってる野郎だよ。ほかに常務の高畠ってのがいる。こいつにゃ気いつけんだな。人を刺すくらいなんとも思ってねえやつだ」

「なんで、俺に？」

「用があんじゃねえのか、あのけたくそ悪い会社に」

十の穴に、続けて三つ入った。あっ、と奥田が声をあげた。

「そこの釘、緩んでやがるだろう」

「いや、しっかりしてる」

「そんなはずはねえ」

奥田が台に顔を近づける。きれいな禿だ。頭のかたちもいいので、磨きあげた木の置物かなにかのように見えた。また十に入った。奥田が首を傾げる。台を蹴っ飛ばす。

「ぶっ毀れても、俺のせいじゃないぞ」

「狂ってやがんだ。こうすりゃ、元に戻るかもしんねえ。俺ゃ毎日、動く台は十発ずつ打って、どこがどうかちゃんとわかってんだぜ」

奥田は、台の端を持ちあげるようにした。ほとんど動きはしなかったが、玉は道をつけたように次々に穴に吸いこまれていく。あ、あっ、と奥田が声をあげる。

「打ち止めだ。もうやめだ」

「そりゃないぜ、奥田さん」

「俺の店だ。俺の勝手だろうが」

台のガラスの上が、玉でいっぱいになった。まだ出続けている。最後に五つくらい続けて入ったのだ。

「こいつを景品と替えてくれ」

「なんだと。まだ俺からふんだくっていくつもりか」

「まだ、なんにもふんだくっちゃいないぜ」

奥田が腕を組んだ。しばらく考えて、なにがいい、といまいましそうに言った。

「なにがあるんだね？」

「なんにもねえ」

「じゃ、貸しとこう。いつか、なにかで払って貰うから、忘れんでくれよ」

私は玉を数えた。一列が二十個、それが十二列と半端が八個。腰をあげ、奥田にほほえみかけた。奥田は横をむいた。

「下山観光のこと、やけに詳しいな。スマートボール屋で昼寝してるじいさんとは思えんぜ」

「うせろ、泥棒が」

「泥棒はないだろう。金は払ったんだ。いいか、貸しだぜ、二百四十八個」

奥田が唇を嚙んだ。前歯一本だけが突き出して、いっそう二十日鼠の顔になった。私は笑って手を振った。

「明日、また来な。絶対に坊主にしてやる」

背後から声が追ってきた。ひやりとする風が吹いていた。陽はまだ高かったが、旅館に入る客の姿がそろそろ眼につく時間だ。日曜日だった。大した人数ではない。

9　税理士

私がクラブハウスへ入った時、擦れ違ったのが江原だった。ゴルフバッグの名札を見て、それがわかった。

下山観光の事務所は開いていた。だが、いたのは宮坂ひとりだった。留守番らしかった。チンピラに似合いの役どころだ。私は江原の所在を訊いた。ゴルフだ、私に大した関心も示さず、宮坂は横柄にそう言った。

ゴルフ場というと、一か所しかなかった。美保温泉からタクシーで二十分ばかりのところだ。飛ばしてきた。陽はまだ落ちていなかった。

江原は、ロビーで初老の男と立ち話をしていた。私よりも若いかもしれない。長身で、頭をきれいに撫でつけ、タータンチェックのブルーの上着に、緋色のアスコットを小粋に巻いていた。私は江原よりさきにロビーを出た。

五分ほど待っただけで、江原はひとりで出てきた。

「美保署の安井の使いです」

江原の視線が、私の全身を舐め回した。

「警官じゃありません。『潮鳴荘』の社長のことで、ちょっとばかしお話がありまして」

「なんで、安井さんが自分で来ないんだ？」

「そりゃ、安井は刑事ですから、自分で動きにくい時もあるってことですよ」

かすかに、江原が頷いた。

「車に、乗せていただけますか？」

「ここじゃ、話しにくいことか？」

「こみ入ってましてね。ほんとは社長さんが神戸から戻られるのを待った方がいいんですが、急がなきゃならんようになりまして」

「わかった。とにかく話を聞こうじゃないか。運転できるか？」

「そりゃ、もう」

「じゃ頼む。俺はちょっと飲んでる」

江原が歩きはじめた。私はキャディのように、江原のゴルフバッグを担いだ。

駐車場の白いソアラ。江原がトランクを開けた。ゴルフバッグを放りこむ。

「美保署に行った方がいいのか？」

「いえ、お話だけで」

私は鍵(キー)を受け取り、運転席に腰を降ろして江原が乗るのを待った。江原は忘れ物でもしたようにクラブハウスへ引き返し、缶ビールを二つ持ってきた。

車を出した。助手席の江原は缶ビールをひとつ呷(あお)ると窓から捨て、もうひとつ栓を抜いた。

「話ってのは?」

「坂口が、釈放されます」

「おい、約束がちがうじゃないか。二十三日は入れとけるって話だったろう」

「それが、釈放されることになったんで」

二十三日。まだ今日で七日目だ。とても待てはしない。

「安井さん、このごろどうかしてるぞ。あの時だって、早く来過ぎたんだろう。坂口がなんにもしないうちに入ってくるから、こんなことになったんじゃないか。もうちょっと待てば、一年や二年は出られなかったはずだ」

「俺に言われても、困りますよ」

江原が舌打ちをしてビールを呷る。ゴルフ場の金網の柵(さく)が終りになった。海が見えてくる。典型的な海浜コースだ。

「で、釈放はいつなんだ?」

「多分、二、三日うちでしょう」

「あと十日、絶対にそれだけは入れとけ」

「俺に決められるわけないでしょう」

「美保署へやれ。俺が安井さんと掛け合う」

走り続けた。美保の町は、美保温泉のむこう側だ。

途中で左折した。おい、江原が私の腕を押さえた。未舗装の道になり、車が跳ねた。山へ入っていく道だ。

「どういうつもりだ？」

「近道をするんですよ」

「真直ぐが、一番近いじゃないか」

「俺の近道さ。どうにもゆっくりしてられなくなったもんでね」

「誰だ、おまえ？」

「安井の使いじゃない。そいつは確かだ」

江原の手が胸に伸びてきた。私は派手にジグザグを切った。やめろ、江原が叫ぶ。停めた。エンジンも切った。

フロアに落ちた缶ビールから、ビールがこぼれ出している。

「どこの者だ。奥田の親父にでも頼まれてんのか？」

「じゃ、誰に頼まれた？」

「奥田？」

「俺が好きでやってることさ」

鳩尾に、左の肘を叩きこんだ。江原の口から、ピュッとビールが噴き出してきた。ドアを開け、外へ蹴り出した。

這いつくばった江原が、ゆっくりと躰を起こした。両手で腹を抱え、前屈みになっている。撫でつけた髪が乱れて、額にこぼれていた。

「おまえら、坂口を嵌めたんだな」

「なんの話だ？」

「さっきの話さ。二十三日入れとく約束だったと言ったじゃないか」

「知らないな」

「大体のことは、宮坂が吐いてる」

「宮坂？」

「やつの怪我、気がつかなかったか。もっとも、自分で怪我したんだろうがね。俺は、やつが喋りたいような気分にしてやっただけさ」

「誰に頼まれた？」

「好きでやってる。同じ話はこれで終りだ。もう無駄口は叩くな」

低い姿勢のまま、江原が頭から突っこんできた。私は横に跳んだ。跳びながら、足を引っかけた。江原が前に倒れる。起きあがる暇は与えなかった。二度、腹を蹴った。江原は、ビールと一緒に白いものを吐き出した。

「坂口を嵌めたな？」

起きあがろうとする江原の顎を蹴った。仰けに倒れた江原が、白く眼を剝いた。助手席のフロアの缶ビールを取り、江原の顔にふりかけた。大して入ってはいなかったが、江原はそれで眼を醒した。

「嵌めたのか？」

「ああ、嵌めたことになるんだろう」

声は弱々しかった。ビールが眼に入ったのか、指さきで擦っている。

「坂口と下山観光の間に、なにがあった？」

「提携話だ。『潮鳴荘』の場所に、ホテルを建てる。でかいやつだ。美保温泉は、山陰一のレジャーランドになる。兄貴の夢さ」

「兄貴？」

「知らんのか。俺の女房の兄貴だ」

江原が上体を起こす。腹を押さえて深い息をする。私は煙草をくわえた。

「坂口が言いなりにならんので『潮鳴荘』を潰しちまおうってわけか」

「ちがう」

「じゃ、なぜ嵌めた？」

「知らんね。俺が東京から戻った時、そうなっちまってた。十月九日、火曜だよ、俺が東京から戻ったのは」

下山観光の事務所で坂口が事件を起こしたのは、十月八日だった。江原の言うことを、頭から信じるわけにはいかない。しかし、調べれば簡単にわかることだ。

「ほんとのことを喋れよ、おい」

「喋ってる。うちじゃ、『潮鳴荘』の土地だけ手に入れたって、大した意味はない。大事なのは客筋なんだ。だから、坂口をホテルの社長にって申し入れもした」

「それがどうして？」

「俺は、じっくり話し合うつもりだったよ。両方に損のない話だ」

「二十三日、留置場に入れとくって話は？」

「こうなっちまったからな。俺が安井と交渉した。二十三日間出さん、とやつは言ったよ」

「なんで、入れとかなきゃならないんだ？」

「坂口が直接摑んでる客筋もある。だが、大部分は旅行社を通してる。二十三日の間に、旅行社を抱きこんじまおうってわけさ。そのことで、兄貴はいま神戸に行ってる。俺も、近いうちに東京へ行くつもりだった」

「安井がもうちょっと遅かったら、坂口は一、二年出てこれないだろうって話は？」

「坂口は暴れたんだ。あれで誰か怪我してりゃ、懲役に行くことになったはずだ。怪我してもいい若い者は、何人もいた」

「安井が早く来過ぎちまったんで、誰も怪我しなかったってわけか。どうもしっくりせんな。坂口はなんで暴れた？　坂口が暴れることを、安井はなんで知ってた？」

「わからんね。たまたま偶然が重なったのかもしれん」

「坂口が一年でも懲役に行くことになったら？」

「あそこと関係のある旅行社を、ほとんど抱きこめる。美保温泉の大口の団体の八割は下山観光ホテルってことになるな」

「二十三日では？」

「わからんが、やってみるしかないってことだろう」

「いろいろ嫌がらせをしてたそうじゃないか」

「兄貴がな。俺は反対だった。美保温泉で、下山観光と張り合えるとこはないんだ。暴力団の真似をしたってはじまらん」

「安井とは長いのか？」

「三年は続いてる。もっとも、あの刑事はこっちが期待してるほど動かんよ。やらずぶったくりの口だな」

「二十三日、坂口を放りこんでくれるんだろう」

「やっと承知させた。月に一度は、招待してたんだからな。それくらいの無理は聞いて貰えると思って当たり前だろう」

「下山観光は、ずいぶんと美保温泉を低級なもんにしちまってるようだな」

「細かいことだ。どんな流れにだって、ゴミは溜る。だけど、兄貴の夢は壮大なもんだ。俺はそれに賭けてるよ。坂口だって、賭けてよかったはずだ」

「どこまで本気で喋ってんだ、専務さん？」

「全部さ。昔のまんまの湯治場じゃ、廃れるのは見えてる。それがわかってるから、坂口だって新館を造ったりしてるんだ」

私は煙草を消した。同じことを、以前坂口が言ったことがあった。湯治場の時代はとっくに終った、これからは若い連中だって集めなきゃ、旅館はやっていけん。私には関心がなかった。少なくとも、坂口がその話をした時は、他人事としか思えなかった。

「話はわかった。なぜ坂口が暴れたかだな。そしてなぜそこに安井が現われたか」

江原が腰をあげた。顎に手をやり、何度か首を動かす。それからはじめて汚れた服に気づいたように、掌で払った。

「下山観光の専務っていうから、もっと荒っぽい手合いだと思ってたよ」

「そんな連中も、いるにはいるさ」

「公認会計士ってのは、ほんとかね？」

「税理士さ。煙草、一本貰えるか？」

私はセブンスターを出した。ジッポに、江原が眼をむけた。

「持主に心当たりでもあるのか？」

「まあね。どういう関係だ？」

「拾ったのさ。持主を知ってるなら、返しといてくれないか」

「筋合いじゃないね。それに、俺の思い違いかもしれん」

江原が煙を吐く。無造作(むぞうさ)にアスコットを引き抜き、口のまわりを拭(ぬぐ)った。

「歯が一本駄目になったみたいだ」

「逃げ隠れはせんよ。おたくの荒っぽい連中でも寄越すといい」

「俺はそんなことは好かん。君にも、早いとこ美保温泉から出ていって貰いたいな」

「荒っぽいのは、兄貴の息のかかった連中ってことか。どうして、そんな連中の中で仕事をする気になったんだ？」

「兄貴の夢に賭けた。そう言ったろう。十年、二十年かかって築く夢さ」

「その間に、屍体(したい)の山もできそうだな」

「きれいごとじゃ、なにもできん。荒っぽい連中が、下山観光の事業をここまで拡げてきた、とも言えるんでね」

「やっぱり金だろう、あんたも？」

「否定はしないね。金はどうでもいい、と言うほど青臭くはない」

「夢、じゃないな。欲と言うんだよ」

陽が落ちかかっていた。風も強くなっている。私は、道の端に吹き寄せられている枯葉を踏んだ。乾いた音がした。

「どうやれば、坂口を出せる？」

「俺に訊くのかね？」

「これでも結構忙しくてね。悠長に待ってはいられないんだ」

「安井の肚ひとつだな」

「安井の弱味は？」

「下山観光との癒着」

江原の口もとが綻んだ。下山がなにかを言わないかぎり、坂口は出られないということか。風が冷たかった。私はジャケットの襟を立てた。

「俺ひとりで、下山観光と喧嘩してみるか。荒っぽいことなら、坂口よりはむいてる」

「なんのためだね？」

「退屈しのぎってとこかな」

「そんなに退屈してるのか？」

「坂口に会いにきたんだぜ。会えなきゃ、やることはなにもない」

「ひとつだけ断わっとくが」

江原が煙草を捨てた。

「俺をぶん殴るのは、もうやめにしてくれ」

乱れた髪を、江原が掌で撫でつけた。顎のところに、青痣のような内出血が拡がっている。私は頷いた。ちょっと笑った。行こうか、と声をかけた。

10　看　板

昨夜とは、まるで違う料理が並んでいた。

品数は多くない。ただ、ひとつひとつの皿に、箸を伸ばすのが惜しいような格調が漂っている。

カティーサークは、まだ半分残っていた。アイス・ペールの氷は、冷蔵庫で作ったものではなかった。オン・ザ・ロックには、ぶっかきの氷が一番だ。

日本料理の、正式な作法など知らなかった。気のむくままに、箸をつけた。魚がうまい。刺身も塩焼きも、箸をつけるともう止められなくなった。

ドアがノックされた。松井が入ってきて、部屋の隅に正坐した。料理は、もうなくなっていた。どうでしたか、松井の顔がそう言っている。

「松井さんが一流の板前だってことは、よくわかったよ」

私は、私のグラスでウイスキーを勧めた。松井は、ちょっと口をつける仕草をして、グラスを戻した。

「いくら欲しい？」

松井が顔をあげた。表情が見る間に硬くなった。鼻の脇から口の端への皺が、刃物で切り下げられでもしたように、いっそう深くなった。それは頑迷な線というより、はっきり怒りを彫りこんだ線だった。

「滅多に口にできる料理じゃないことは、俺にもわかる。だが、それだけなんだ。俺の舌は、なんだって受け入れる。現に、きのうの料理だってちゃんと平らげた」

「どういう意味でおっしゃってるんで？」

「自分の料理に、値段をつけてみろと言ってんのさ」

「料理人は、そんな真似はいたしませんや」

私は煙草に火をつけた。松井の眼が、じっと私を見据えている。

「きのうこんな料理を出されりゃ、俺は感激したと思う」

「はっきり、おっしゃっていただけませんかね。料理人にとっちゃ、庖丁の切れ味は命でござんすから」

「スマートボール屋のじいさん、知ってるかね？」

「奥田さんなら、そりゃ」

「あそこの景品に、水を吸った煎餅があったとする。松井さんの料理は、その煎餅よりも落ちるな。ただし、この街ではの話だ」

「料理は、料理ですぜ」

「ちがうね、偏屈な意地の方が、腐りかかった腕より、ずっとうまいと俺は思うね」

「あっしの腕のどこが、腐りかかってんです？」

「きのう出してくれなかった。そこんところさ」

「意地が欠けてるってことですかい」

私は横をむいた。他人に、意地を通せと言える立場ではない。ただ、うまいものを食っても愉快にならないだけだ。

「松井さん、いくつだね？」

「六十二、暮にゃ三になります」

「くたばるにゃ、まだ惜しい歳なのかな？」

「なに、お迎えがくりゃ、大人しく付いていきますよ」

私は、新しいグラスにウイスキーを注ぎ、松井に差し出した。松井は口をつけた。ひと息で飲み干した。

「松井さんは、料理で客を呼べる人だよ。俺が言うのも生意気な話だが」

「なにをやれとおっしゃりたいんで？」

「あんたが、自分で選べばいいことさ」

「あっしが、自分でですかい？」

「俺ゃ、ゆきずりの客でしかない」

煙草を消した。松井はまだ私を見つめていた。せっかくの料理が台無しだった。しかし、職人の自慢に付き合う気はなかった。

松井が頭を下げて出ていった。最後まで、態度は崩さなかった。私は窓際の椅子に腰を移し、チビチビとオン・ザ・ロックを舐めた。昨夜より、波の音は大きかった。食器を下げにきたのは、松井より歳上ではないかと思える老婆だった。

「松井さんが板場に立ったのは、何か月ぶりですか？」

「もう一年、庖丁を握っておりませんでした」

背中を丸めて正坐した老婆が、にこにこ笑いながら言った。

私は海の方へ眼をやった。漁火がいくつか見えた。沖にはうねりがあるだけなのか。よほど荒れないかぎり、漁をする船は出ていくのか。

窓を開けると、ひやりとした風が吹きこんでくる。波の音。さびしげだった。私は、氷だけになったグラスに、ウイスキーを足した。

ドアが開いた。十一時を回っていた。酒の匂いと一緒に晴子が入ってきた。

「嘘つき。誰も呼んでないじゃない」

「君を呼んだ覚えもないぜ」

私は外から戻ったばかりだった。誰かに会っていたわけではない。昼間歩き回って目星をつけておいた場所を、もう一度歩いてみただけだ。思った以上に、娼婦が多かった。河沿いの道の柳の下には、少なくとも二十人の女がいた。酒場に入ると、バーテンやボーイがしつこく女を勧めた。

「お風呂に行くとこだったの？」

「なんで？」

「汗くさい。でも、女の匂いはしてないわ」

「君は座敷を回ってたのか？」

「二つね。売れっ子なんだ、あたし。忙しい時は、四つ回ることもあるわ」

「四つ目は、真夜中じゃないのか？」

「同じ時間に掛け持ちをすんのよ。こっちでお酌して、あっちで踊ってっていうふうに」

「酔ったふりはするなよ」

私は煙草をくわえた。ジッポが晴子のものだったことを思い出した。

「飲んでるのよ」

「だけど酔っちゃいない。酔っ払った女は、男の匂いなんて気にしないもんだ」

「新藤さんって好きだな、なんとなく」

「泊まる気があるなら来い、と俺は言っといたはずだ」

「割りと野暮ね。あたしはもう来てるのに」

煙草を消した。晴子は、カティーサークの瓶を摑み、中身を確かめるように明りに翳した。ほとんど空だった。

「あれから、どこへ行ったの？」

「ひとりで散歩さ。スマートボールをやったよ。二百四十八個、奥田さんに貸しがある」

「動く台があったの、ほんとに？」

「あのじいさんの躰が動くくらいにはな」

「あたしもやってみよう、いつか」

「やめとくんだな」

「なんで」

「景品がなにもない。勝ってもなにも貰えやしないぜ」

晴子の髪に手をかけた。アップの髪が崩れ、肩を包んだ。

「いい女だ」

「いやないい方」

帯にかけた手に、晴子が爪を立てる。パールピンクではなかった。動脈血の色だ。

「なんで、マニキュアの色を変えた？」

「気紛れよ。いろんな色を持ってんの」

唇を合わせた。舌が触れ合った。晴子の躰が、私の腕の中で柔らかくなる。閉じた心が、柔らかく開いたようだった。

どうすれば坂口を出せるか、私は考えていた。晴子の着物を一枚ずつ剝ぎ取りながら、頭ではそのことを考え続けていた。

波の音が遠かった。熱い躰が、私の下でかすかにふるえはじめた。


サイレンが聞えた。

晴子がさきに頭をあげた。火事らしい。私は蒲団から這い出して、カーテンを開けた。

真夜中の暗い海が拡がっているだけだ。

ズボンを穿き、頭からセーターを被った。

「何時なの？」

「二時を回ったとこだ」

セーターの上にジャケットを着て、階下に降りた。松井と老婆が、開け放った玄関の外に立っているのが見えた。

「どこだね、火事は？」

「さあ、火は見えませんが」

松井が、消防車が走り去った方角を指した。『潮鳴荘』のある方だ。私は下駄を借りて歩いていった。何人か、人が出ていた。ドテラ姿の泊り客もいる。消防車が次々に走って来る気配はなかった。一台だけだ。

人だかりが見えた。『潮鳴荘』の玄関の前だ。火はすでに消えたらしい。

「ボヤです。お騒がせしました」

佐野が叫んでいた。もう人は散りはじめている。放火ですって、女の声が耳を掠(かす)めた。

玄関の脇が、消火器の泡で白くなっていた。駆けつけた消防車は、ホースを出す必要もなかったらしい。防火服の隊員たちが、所在なげに突っ立っている。

私は玄関に歩み寄ろうとした。肩を押された。安井だった。ほかに制服の警官がひとりいる。

「静養中かね、旦那(だんな)は。昼間、会ったばかりだったよな」

「現場保存をしなくちゃならん。自分の宿に帰って早く寝ろ」

「放火の証拠も、忘れずに保存しとけよ」

「どういう意味で言ってんだ？」

「旦那はやけに早いじゃないか。消防車より早かったんだろう」

「もう一遍、言ってみな」

「仕事熱心なんで、たまげてんのさ」

肩にかかった安井の手を、私は払った。

「おい、関係者以外の立入りは」

「佐野が怪我してる」

佐野は額から血を流していた。大した怪我でないのは、ここから見てもわかったが、血は流れているのだ。安井の肩を押しのけた。貧弱な躰つきだった。安井の手が、私の腕を摑む。もう一度ふり払った。

「俺は医者だよ」

「船員と言ったぞ」

「船に乗ってる医者、つまり船医さ」

「そうか」

安井の眼は、闇（やみ）の中ではいっそういやらしい輝きを帯びている。屍肉（しにく）を狙（ねら）っている獣、そんな感じだった。

「だったら、女将の方をみてやれ。番頭の怪我は大したことはない」

「女将の怪我、ひどいのかね？」

「さあな。わざわざ素人に訊くこたあないだろう。ロビーにいるよ」

私は玄関に入った。外へ誘導された客たちが、部屋へ戻っていくところだった。四、五十人というところか。ロビーの隅に、パジャマ姿の竜太が立っていた。

「救急箱を持ってこい」

私は竜太に言った。頷いた竜太が、帳場に飛びこんでいく。

「奥さん、そこに坐って俺に怪我を見せるんだ」

客に頭を下げている女将の腕を、私は引いた。晴子と比べると、細い。だが柔らかな腕だった。足首まであるブルーの無地のガウン。小さな素足の白さが眼を惹いた。両手には、煤で汚れたタオルを巻きつけている。

「大したこと、ございませんわ」

「照子さんだったよな、確か。結婚の案内状にそう書いてあった。こんな時は、医者の言うことは聞いとくもんだ」

竜太が、救急箱を抱えて駈け戻ってきた。それを見て、照子は大人しくロビーのソファに腰を降ろした。

掌の火傷が一番ひどかった。皮が一枚、ペロリと剝がれかかっている。ほかの火傷は、水疱程度だ。治療に必要なものは揃っていた。さすがに旅館の救急箱だ。

「坂口が悲しむぜ。髪がだいぶ焦げてる」

火の粉を浴びたのか、ガウンにも点々と黒い焦げが散っていた。

「痕が残るほどの火傷じゃないが、しばらく水仕事なんかやめとくんだな。処方箋を書いとく。朝になったら薬局で薬を買ってくれ」

繃帯を巻いた。小さな手だった。爪はきれいに切りこんであって、マニキュアもしていない。

「泊り客の誘導、消火、まあまあ合格点かな。玄関の戸は替えなきゃならんだろう」

安井が入ってきて言った。

「放火、ですの？」

「断定はしとらんよ、まだ」

「あんなところから火が出たんだぜ、旦那。捜査を放り出す気じゃあるまいな」

「医者は黙って治療をしてろ」

「脳外科じゃないのが、残念だよ」

「つまらん冗談だ。俺の頭を開いたって、法律の条文しか出てこんぜ」

安井が事情聴取をはじめた。お座なりな聴取だ。私は玄関に立っている佐野を呼んだ。

額の傷は、それほどひどくなかった。

「看板を、摑んだんだね？」

「ただの板ですけど、何代も続いているものですから」

「無茶やるね、手で消そうなんて。だけど、それであの看板は助かった。まわりがちょっと焦げて、貫禄が出たってもんだ」

安井は、メモを取るでもなかった。まるで世間話だ。佐野の手当てを終えると、私は竜太の隣りに腰を降ろした。四、五人の従業員もロビーに集まってきた。防火服を着た消防隊員が、ヘルメットだけ脱いで聴取に加わった。

「おまえ、学校だろう。寝なくてもいいのか？」

「平気です、ひと晩くらい」

「あの刑事だって、もう子供に用はないとさ」

煙草をくわえた。またジッポを返すのを忘れていた。小さすぎるのだ。ポケットに入っている感じがしない。

「缶ビール、買ってきてくれ」

私は小銭を摑み出して竜太に渡した。

「二本ですか？」

「買えるならな」

事情聴取は続いていた。発見者は新館の泊り客、トイレに立って火を見ている。安井はのんびりやっていたが、消防隊員は完全に放火と断定している口ぶりだった。

竜太が、缶ビールを二本抱えてきた。釣り銭をテーブルに置く。早く寝ろ、私は言った。竜太はちょっと頭を下げた。

「先生、顔貸してくれるかな」

安井がそばに来た。断わりもせずにビールに手を伸ばし、栓を抜く。

「いいのかね、あっちは？」

「もうすぐ、署の宿直の連中が来る」

私は立ちあがった。安井は玄関から外に出た。焼け跡を見るでもなかった。

「あんた、ここになにしに来たんだ？」

「坂口に会いにさ」

「新聞を見て、かね？」

「たとえ小さくても、あんな事件が全国紙の記事になる。誰だって変だと思うぜ」

「坂口を知ってる人間ならだろう？」

「なるほど、そういうことか。坂口と付合いのあった旅行社の連中も、あの記事を読む。するとと、誰かが誇大に事件を流したのかな」

私もビールの栓を抜いた。泡が手を濡らした。野次馬はひとりも残っていなかった。

二人の消防隊員が、小型消防車のステップに腰を降ろしているのが見えるだけだ。肌寒かった。背広の安井が、肩を竦め、襟を立てた。

「帰れ、おまえにゃ関係ない」

「なんの話だね？」

「わからんよ、俺にも。坂口からの伝言さ」

「レモンの横領事件は起きなかった。そいつはわかったよ」

ビールを呷った。安井が煙草の火をつけた。闇の中で、顔だけ薄赤く照らし出される。

「待つ気かね。坂口が出てくるまで？」

「もうとっくに出ててもいい、と思うがね」

「出さんよ、俺は坂口を出さん」

「そこまで、下山観光のイヌになってんのか」

「なんとでも言うさ。とにかく坂口は出さん。俺が出したくないんだ」

「旦那の頭の中は、条文があるだけじゃなかったのか」

私はもう一度ビールを呷った。空になった。缶を握り潰す。安井の喫う煙草が、闇の中で赤い点に見えた。

「田舎町の、あまり仕事熱心でない刑事だがね。それでもわかるんだ」

「なにが？」

「人を殺そうと決めたやつの顔がさ」

「田舎町じゃ、刑事が人相見の真似もするのかね？」

安井が煙草を消した。急に闇が深くなったような気がした。

「俺は人相見さ。君の人相もあまりよくない」

「お互いさまだろう、それは」

「坂口に会わせてやる。喜ぶなよ。留置場の中でだ。つまり、君を逮捕ろうってわけだ。早いとこ出ていかなきゃ、ほんとにやるぜ」

「下山が訴えを取り下げたら？」

「殺人未遂は、親告罪じゃない」

「あんたの肚ひとつで、坂口を出せるんだろう？」

「なんでこだわる。なんでそう坂口と会いたがるんだ。坂口は会いたがってないってのに」

「昔から、そんなやつだった。会いたくても、そうは言わないんだ」

ポケットに手を入れた。安井はなぜ、こんな話を私にするのか。人影が近づいてきた。

「姉さんは？」

晴子だった。ジーンズとセーターに着替えていた。私は玄関の方を指さした。

11 挑発

がっしりした体格の、肥り気味の男だった。短く刈った髪は硬そうで、鼻の下に髭まで蓄えている。仕立てのいいグレーのスーツに黒いネクタイ。ワイシャツは薄いピンク色だ。

「高畠さんだね、下山観光の？」

「そうだが、あんたは？」

「坂口の友達だよ」

「ふうん、坂口さんのね」

高畠が右手を頭にやった。金のブレスレットが、朝陽の中で光を放った。

「これから会社かね？」

高畠は答えなかった。ただじっと私を見ている。左手でキーホルダーがチャラチャラ鳴っていた。

「すごい家じゃないか。山持ちの土地成金の家じゃないかと思ったぜ。金をかけてるくせに、まるで品格がない」

にやり、と高畠が笑った。キーホルダーをポケットに落としこむ。

「車が国産車じゃな。神戸や大阪の極道は、もっといい車を転がしてるぜ。東京に行きゃ、田舎者扱いだな」

「俺を怒らせて、どうしようって気だ？」

「ぶん殴られてみたいんだ。やくざのパンチがどんなもんだか、まだ経験がないんでね」

「俺は会社へ行くんだよ。これでも会社員でね」

「ひとりでやり合う度胸は、ないようだな」

「度胸はねえ。頭もよくねえ。そこをどいてくれよ。遅刻すると、給料から差っ引かれるんだ」

道をあけた。高畠が通り過ぎた。来るぞ、そう思った。気持よりさきに、躰が身構えていた。

だが高畠は、一度振りかえって私に笑いかけただけだった。車が走り去っていく。馬鹿ではなかった。簡単に挑発に乗らない分別は持っている男だ。

温泉街の一番奥だった。このあたりまでくると、旅館はもうない。普通の家ばかりだった。高畠の家は、東京の郊外でよく見かける建売住宅に似ていた。品格があるとは思えないが、やくざの家のようでもなかった。社長の下山、専務の江原、常務の高畠。家を持っているのは高畠だけだ。下山は本拠のホテルに住んでいるし、江原は女房がやっている別館が住居だった。

私はちょっと家を見あげ、踵を返した。

河沿いの散策路で、安井と出会った。

「高畠に喧嘩を売ってみたが、軽くいなされた。旦那の入れ知恵かね」

安井がネクタイを緩めた。昨夜と同じくたびれた背広を着ている。

「無茶をやって、面白いのか？」

「いや。ただこの街を掻き回してやろうと思ってね。不愉快な街だからな。高畠をからかったのは、手始めさ」

「好きにするさ。自分の躰を自分でどう扱おうと、俺の知ったことじゃない」

「これから署へ出るのかね？」

「いや、聞込みさ。放火のな。新館の客があの時間にトイレに行かなかったら、ひどい火事になってたはずだ」

「上からの命令じゃ、あんたも逆らえんというわけか」

安井が煙草をくわえた。ショート・ホープだった。ライターはデュポンの黒漆だ。

「田舎の刑事にゃ似合わんものを持ってるな」

「一点豪華主義ってやつでね」

「二十三日経ったら、どうする気だ？」

「再逮捕ってのがある。それでまた二十三日」

安井が笑った。朝の光の中で、ひどく陰気臭い笑顔に見えた。顔色も悪いし、眼の下には隈が貼りついている。

「ひとつだけ忠告しとこうか、先生。俺のことでつべこべ言うな。税金泥棒なんて言われると、昔はかっとしてぶん殴ったもんだ」

「いまは？」

「手錠をぶちこむだけさ。なんとでも理由はつけられる」

私は肩を竦めた。やる気になれば、できるだろう。手錠をかけられて、坂口と同じ留置場に入るのも悪くはない。苦労せずに会えるというものだ。だが、一緒に出されるとはかぎらない。私は、お互いに自由な立場で坂口と会いたいのだ。

「坂口が、君に伝言したことはほんとだ。レモンに、なにか思い出でもあるのかね？」

「へたりこみそうな時に、あれをガブリとやる。それでしゃんとしたもんだ」

「坂口も君も、へたりこみそうだってわけか」

「いや、俺に帰れと言うくらいなら、あいつはへたりこみはしないよ」

私の方がさきに歩き出した。ふりかえらなかった。湯気をあげている川面に眼をやりながら歩いた。

下山観光の事務所は、旅館街の奥の目立たない場所にある。木造二階建ての、小さな事務所だ。東京でよく見かける、不動産屋の事務所に似ていた。

入口のガラス戸に額を押しつけて、中を覗(のぞ)いた。デスクが八つ二列に並んでいる。一番奥のデスクだけが、管理職の席という感じでこちらにむいていて、高畠の大きな躰が見えた。きのう江原の居所を訊きにきた時、留守番の宮坂がふんぞりかえっていたところだ。宮坂の姿は見えない。事務服を着た若い女が四人、中年の男がひとり。

女が、ガラス戸から覗いている私に気づいた。腰をあげる。私はじっとしていた。

「なにか?」

ガラス戸が開けられた。私は女に笑いかけた。中の眼が、いっせいに私を見つめてくる。

「別に用事じゃない」

「でも」

「下山観光ってのが、どんな事務所を構えているか、覗いてみただけさ」

奥の席の高畠と眼が合った。私は踵(きびす)を返した。そのまま、旅館街の方へ歩いていった。

午前十時。客が出発(た)つ時間だ。結構人の姿は多かった。路地を縫った。普通の家の軒が続いている。温泉街らしい風情(ふぜい)はどこにもなかった。子供が遊んでいた。私の脚にからみつくようにして駈け抜けていく。

「おい、泥棒」

曲がり角で、いきなり肩を摑まれた。奥田だった。茶のハンチングで禿頭を隠している。いくらか若く見えた。

「奥田さん、この辺に住んでるのか？」

「いや、俺の家は山の方だ。ここにゃ女がいてな」

私は笑った。奥田が前歯をむき出した。私の腕を摑む。

「信用できねえってんなら、付いて来な。お茶の一杯も飲ませてやろうじゃねえか」

「信用するよ」

「見せてやる。見るだけだぞ。この歳になったって、若い者に負けちゃいねえんだ」

奥田は腕を放さなかった。仕方なく、私は付いていった。二度、路地を曲がった。まったく入り組んだ街だ。狭い平地に旅館がひしめいている。その間を縫うように民家が建っているので、道など二の次になってしまうのだろう。

小さな家だった。それでも一応は門があり、しかも新しかった。白いモルタルで、酒落た木製のドアまで付いている。

「入んな」

チャイムも鳴らさずドアを開け、奥田は靴を脱いだ。出てきたのは、三十前後の肥った女だった。胸も腰も尻も大きかった。

「客だ。お茶を出しな。安い方でいいぞ。この野郎は泥棒みてえなもんだから」

女が笑った。愛敬のある顔になった。部屋にはレザー張りの応接セットが置いてあり、緑色の絨毯(じゅうたん)が敷かれていた。

「いい女だろうが。三年前まで芸者をしてた。芸者ったって、達磨(だるま)芸者じゃねえぞ。ちゃんと三味線も弾(ひ)けんだ。子供抱えててな、七つの女の子だ」

「確かに愛敬のある女(ひと)だ」

「愛敬だと。いい女だとは思わねえのか」

「女は愛敬って言うじゃないか」

「まあな」

奥田が前歯を出して笑った。癖なのか、禿げた頭を掌で撫(な)でる。

「奥田さんに惚(ほ)れてんのかね？」

「そりゃな。赤いチャンチャンコ着せられたって、俺ゃ男だよ。女が縋(すが)ってくりゃ、放っとけねえ」

私はテーブルの煙草に手を伸ばした。

「家族は？」

「だからよ、女の子がひとり」

「あんたのさ、奥田さん」

「かかあは死んだ。十年も前だ。倅(せがれ)が二人いて、上の方はここで大工やってる。下はな、東京で骨抜きになってやがるよ。大学出したのが間違いだった」

「お茶より、ビールの方がいいんだがな」

「図々しい野郎だな。まだ朝だぞ。それに俺ゃ酒はやらねえ」

お茶が運ばれてきた。女は紅を引いていた。奥田はそれに気づいた様子もなかった。

しばらく、女の郷里の話をした。東北の、私の知らない街だった。

「火事を知ってるかね？」

女が出ていくと、私は言った。

「客がいっぱいの時でなくてよかった。酔っ払ってる客が多いと、避難させんのも大変だろう」

「放火って話だ」

「どこにも、おかしな野郎はいるさ」

「わざわざ『潮鳴荘』に火を付けた、と俺は思ってるがね」

「誰が？」

「見当はつくだろう。俺はそいつをいぶり出してやろうと思う」

「なんで、おまえが？　隆一と同じ学校を出てるからか？」

「気に食わんのだよ、この街が」

「じゃ、帰りゃいいじゃねえか。大志を甘くみんじゃねえぞ、昔のガキたあ違うんだ」

「なんで、下山だと思うんだ？」

「おまえの考えてることくらい、訊かなくてもわかる。伊達に六十年生きてんじゃねえや」

茶は冷えていた。店に来な、奥田が言った。きのうの借りを取り返してやる。

午過ぎには、開店している酒場があった。もっとも、喫茶店としてだ。『桜貝』もその一軒だった。一昨夜のバーテンはいなかった。初老の男がひとりいるきりだ。

「電話帳、あるかね？」

男が、カウンターの下から薄っぺらな電話帳を出した。

「御注文は？」

「ブレンド」

電話帳を繰った。地方新聞社の社会部の番号をメモする。客は、ボックスの方に二人いるだけだった。地元の人間らしい。

ダイヤルを回した。私の声を聞いて、男が顔をあげた。ボックスにいる客も、話をやめた。私は喋り続けた。昨夜の放火事件のことから、この街の乱れた風紀まで、思いつくかぎりのことを喋った。下山観光の名前をしつこいくらい口にする。

「とにかく取材に来てくださいよ。ここがどんなふうに下山観光に牛耳られてるか、実際に見て確かめるといい。放火までしてるんだ、放火だよ。警察がどんなふうに発表してるか知らないが、競争相手を潰すための放火に間違いないんだ」

さらに続けた。私が描写した美保温泉は、暴力組織に乗っ取られかかっている無法街だった。誇張が過ぎたのか、相手が笑い出したくらいだ。とにかく取材をしてみろ、街のイメージを落とすのを恐れて、誰も告発しようとしない。だから、旅行者の自分がしているのだ。

コーヒーが冷めていた。私は口をつけず、金だけカウンターに置いて店を出た。背中に視線が突き刺さってきた。

二軒目の店に入った。蕎麦屋だった。客は多い。ほとんど地元の人間だろう。電話帳を借り、ダイヤルを回した。県警本部。私は、坂口が美保署に不当に留置されていることを訴えた。美保署に、下山観光と癒着している刑事がいる。そのために大した事件でもないものが大袈裟に新聞に流され、留置が長引いている。店の中は静かになった。

天ぷらうどんをかきこんで、店を出た。

旅館には戻らなかった。そのまま河沿いの散策路をぶらついた。

しばらく、なにも起こらなかった。このままなにも起こらなければ、私は一軒一軒の旅館を回って、被害を訊いてみるつもりだった。誰も、なにも喋りはしないだろう。ほんとうに訊き出す気もなかった。目立てばいいのだ。江原や高畠が紳士面をしていられなくなればいい。

瑞元院の木立ちが見えるあたりに来た時、前の路地から三人現われた。気づくと、後にも二人いた。逃げ路はない。その気もなかった。

「暴力団の街だって、おい」

ひとりが言った。五人とも若かった。喧嘩をしたくてうずうずしている連中だ。足や手がいまにも出てきそうだった。

「おまえらみたいなのがいるからな」

「俺たちが暴力団だってよ」

五人が笑った。喋っているのは、黒い革ジャンパーの男だ。宮坂ではない。

「顔貸してくれや。変な真似はしねえよ」

「そういうのを、変な真似って言うんだぜ」

「変な真似ってのはな」

黒い革ジャンが、いきなり拳を突き出してきた。腹に食らった。膝を折りながら、こめかみを腕で庇った。しかし靴は飛んでこなかった。

「こんなのを言うんだよ、わかったか」

後ろから抱き起こされた。私は大人しく立ちあがり、二、三歩、歩いた。右側の男が、脇腹になにか突きつけてきた。多分刃物だろう。見なかった。ただ、待った。刺してはこなかった。

「大人しく歩きなよ。いつでもブスリとやれんだからな」

ひとりが肩を組んできた。歩きはじめた。すぐ路地に入った。手を出してはこなかった。仲間同士で歩いているように、肩を組み、声高に言葉を交わす。腰の刃物も、もう感じなかった。私が連れていかれたのは、下山観光の事務所だった。

12　野良犬

安井がいた。ソファに身を沈め、天井にむかって煙草の煙を吹きあげていた。

高畠は部屋の中を歩き回り、江原は大きなデスクに腰を落ち着けている。

「乱暴はしなかったでしょうな、うちの若い連中は」

江原が無表情にそう言った。

「腹に一発食らったよ」

私は窓際に立った。二階。事務所の入口のところに、例の五人がたむろしていた。

「一発でよかった、と思うんだな。あれだけ悪口を並べりゃ、どんなやつだって頭に来る。名誉毀損（きそん）で訴えられても、文句は言えんぞ」

言ってから、安井は上体を起こし、煙草を消した。

「俺がいつ、名誉を傷つけるような真似をしたんだ？」

「方々に電話したろうが」

「刑事のくせに、頭の中になにが詰まってんだ。俺は確かに新聞社に電話した。だがな、それで記事が出て、しかも事実無根だってことが証明されなきゃ、名誉毀損にはならんよ」

「訴えることはできる」

「訴えたきゃ訴えるさ。出るところへ出て困るのは、俺じゃない」

私は煙草をくわえ、安井の隣りに腰を降ろした。

「どこで折り合えますか、新藤さん」

江原は相変らず無表情だ。顎の内出血が、生まれつきの痣のように見えた。私は、動物園の熊のように歩き回っている高畠に眼をやった。まったく、熊という形容がぴったりする躰つきだ。

「俺は坂口と会いたい。それだけさ。坂口が留守の『潮鳴荘』にこれ以上なにも起きないってことも、ついでにつけ加えとくか」

「両方とも、無理ですな。坂口さんについては警察の管轄だし、『潮鳴荘』の火事は私どもとは無関係です」

「なんのために、俺をここへ連れてきたのかね？」

江原が、はじめて笑った。私は煙草を消した。期待したように、事は運ばなかった。拉致された私が、痛い目に遭わされる。警告と見せしめの私刑を食う。相手が動いてくれないかぎり、私に動きようはないのだ。だが、連中に動く気配はない。私がやった挑発は、子供の悪戯のようなものだったのか。

「高畠くん」

江原が言った。歩き回っていた高畠が立ち止まり、内ポケットに手を入れた。一瞬、私は腰をあげそうになった。思い直した。ここは下山観光の事務所の二階だ。私が入っていくところを見た人間も、ひとりや二人ではないはずだった。それに安井もいる。まさか拳銃など出しはしないだろう。

高畠が内ポケットから出したのは、薄っぺらな封筒だった。テーブルに置き、私の方へちょっとずらして寄越した。

「俺を甘く見るな、という科白を吐くべきなのかな。それとも中身を確かめて、眼を剝くような額だったら、懐に入れちまうべきか」

「お悩みになる前に、確かめてみるんですな。あなたの考え通り金のことですが、大した額ではありませんよ」

私は封筒を取り、中の紙片を抜いた。小切手などではなかった。請求書。松井旅館の、二泊分の請求書だった。

「あんたらが請求するのも、俺があんたらに払うのも、筋が違うな」

「そりゃ、もう、松井に直接払っていただいて結構ですよ。どの道、その金は うちの金庫に入るんです」

「そういうことか」

私は札入れを出した。二万九千円。明細を読む気にもなれない。三万出した。

「釣りはいらんよ。あの爺さんにチップを渡すのを忘れてた」

もう一枚、紙が私の前に置かれた。領収証だった。取り戻す荷物などない。これで完全な宿なしだった。こんなことをする以上、この街で私を泊める旅館はもうないのだろう。もしかすると、食事をさせてくれる店さえないかもしれない。

「旅館は、この街だけじゃないぜ」

「結構ですよ。好きなところにお泊まりになればいい。根較べなら付き合いますよ」

江原はもう笑っていなかった。私は領収証をポケットに入れた。

「いまの話の中で、どこかに法に触れることがあったかね、安井の旦那？」

安井は腕を組んでいた。ショート・ホープをくわえ、デュポンで火をつける。

「なんで、俺に訊く？」

「刑事だからさ」

「俺はよく聞いていなかった。不当な目に遭ったと思ったら訴えろよ。いつでも捜査してやる」

顔を見合わせ、安井と私は笑った。手が動きそうになった。高畠の方に眼をやった。高畠は私を見ていない。電話が鳴った。

「あとにしてくれ」

江原がそっけなく言った。私は立ちあがった。ドアを開け、階段を降りて外へ出た。たむろしていた連中は、もういなかった。


スマートボール屋を覗いた。

奥田はきのうと同じ椅子に、同じ恰好で腰を降ろしていた。

「借りを返しちゃくれないか」

「いいとも。好きな台を選びな。ただし、動くやつをだぞ」

「景品が欲しい」

私は煙草をくわえ、きのうの台の前に腰を降ろした。奥田が慌てて灰皿を持ってくる。ライターはジッポだった。私はよほどこのライターに気に入られているようだ。

「泊まるところがないんだ」

「寛のとこに泊まってたんじゃねえのか。あそこが満員ってこたあるまい」

「出されたよ、松井旅館を」

私は、かいつまんで事情を説明した。説明すればするほど、私のやったことが馬鹿げたことに思えてきた。仕方がないだろう。ただの船医だ。映画の中の探偵でもなければ、腕っこきの刑事でもない。

「なんで、俺に頼むんだ?」

「下山観光とはうまくない。ちがうか。『潮鳴荘』と奥田さんだけだ、この街であそこと張り合ってんのは」

「俺がなんで?」

「知らんよ。ただ、はじめて江原に会ってぶん殴った時、奥田の親父に頼まれたのかってやつは言った」

「ぶん殴ったのか、江原の野郎を」

奥田が愉快そうに笑う。ふと、横に張った大きな耳を引っ張ってみたくなった。どうも、聞きたくないことは聞かない耳のように思える。

「うちは旅館じゃねえからな。家にゃ息子夫婦も孫もいる。とても泊められねえな」

「あの家があるじゃないか」

「冗談ぬかすな。てめえの女に男をあてがう馬鹿がどこにいる」

「奥田さんは下山観光と、どんな関係なんだ?」

「気に入らねえのよ、大志のやり方がな。おまけに、山売れなんてぬかしやがった」

「山？」

「街の裏手の山は、俺のもんだ。大して広かねえが、一番いい場所だぜ」

「国定公園って話だが？」

「半分くらいな。残りの半分、街に一番近いとこは、なに建てても構わねえのよ」

「そこに、でかいホテルか」

「ホテルは、街のだけで多過ぎるくらいだ。いまんとこ、海しか呼びもんがねえ。山の呼びもんでも造ろうって肚（はら）だろう」

煙草を消した。山の持主が、この街の発展を苦々しく思っている、と晴子が言っていた。その持主が、奥田なのか。

「あんたは、下山の圧力に対抗している。ここでこんな店やってるのもそうだろう」

「こいつは、俺の趣味でよ」

「泊まるとこがないんだよ、俺は」

「だったら、出て行け。それが身のためってもんだ。この街のこたあ、この街のことだ。おまえが口を挟む筋合いじゃあるまいが」

「友だちが、留置場に入ってなきゃな」

「出てくるさ、時間が経ちゃ」

その時間が、なかった。私はもう一本煙草をくわえた。奥田と、しばらく睨み合っていた。それから立ちあがった。

　試しに、旅館を何軒か当たってみた。どこも満室だった。全部の旅館が下山観光の傘(さん)下(か)とは考えられない。ただ、揉(も)め事を敬遠している。こうして、いつの間にか強いものをのさばらせてしまうのだ。

　ほっつき歩いた。もう旅館に声をかけてみる気はしなかった。まるで野良犬だ。滑稽(こっけい)な気分になってきた。笑う。声は出ない。なんて街だ、笑いながら吐き捨てる。

　肩に手をかけられた。その手が、柔らかく私の腕にからみついてきた。

「なにがおかしいのよ、笑いながら歩いて」

　晴子は、すっきりしたブルーのワンピース姿だった。

「俺に近づかん方がいいぜ。この街じゃ疫病(やくびょう)神みたいなもんらしい」

「泊めてくれないんでしょ、どこも」

「知ってるのか？」

「狭い街よ。ずいぶんと無茶やるのね」

「なにが無茶だ。ここの連中の方がずっと無茶苦茶だよ」

「あたしの部屋へ来たら」

　晴子が私の顔を覗きこんでいる。野良犬を拾うつもりなのか。

「下山観光に睨(にら)まれるぜ」

「どうってことないわ。あたしなんか、身ひとつありゃどこでだって商売できるんだから」

気持が、ちょっと動きかけた。泊まるところがなければ、野宿するしかない。夜は冷えるだろう。晴子の暖かい躰を抱いて眠れるなら、旅館やホテルの寝床よりずっと居心地もいい。

「ひとりにしてくれないか」

私は晴子の手をふりほどいた。

「頭を冷やした方がよさそうだ」

そう、と言って晴子が立ち止まる。私は歩き続けた。しばらくして、ライターがポケットにあることに気づいた。ふりかえったが、もう晴子の姿はなかった。

13　夕　陽

声をかけるまで、竜太は私のことに気づかなかった。私は防潮堤の下の砂に腰を降ろし、夕方の海を眺めていた。

「学校の帰りか？」

「はい」

紺のセーターにジーンズ。私が中学生のころは、大抵の学校の生徒は制服を着ていたものだ。

「美保町の中学に通ってるんだったな?」

竜太が頷く。私は手招きした。十二、三歩の距離のところに、竜太は突っ立っている。

「ひとつ前の停留所でバスを降りて、浜を歩いてきたってわけか。おまえと最初に会った時、俺もそうやって来たんだ」

そばへ来た竜太が私を見降ろした。私は、横の砂を指差した。竜太は素直に腰を降ろした。

「ゴンは流したのか?」

かすかに、竜太は頷いたようだった。私は煙草に火をつけた。あの時より、海は静かだった。それでも、かなり大きな波が打ち寄せてくる。日没までにはまだちょっと間があり、水平線のあたりはくっきりと明るかった。あと三十分もすると、赤く色づいてくるだろう。

「風呂に入って海を眺めてるぶんにゃ、いい街だ」

頭上を飛んでいる鳥が海猫なのか鷗(かもめ)なのか訊こうとして、私はやめた。

「おまえの親父(おやじ)が、俺によくそう言ったんだ」

鳶(とび)の姿を捜したが、見当たらなかった。私が四国の海辺で育ったのは、三歳から五歳の時までだ。ほんとうの家は東京にあり、まだ祖母が生きていた。祖母は、親父の二年あとに死んだ。四国で暮したのは、親父の仕事の都合だったのだろう。妹には、四国の記憶はまったくないようだった。

「俺が親父を亡くしたのは、七つの時だった」

竜太が砂を掴んだ。私は煙草を消した。

「親父なんかいなくても、どうってことはない。おまえくらいの時にゃ、そう思って突っ張ってたもんさ」

話題を変えようと思った。こんなことを話したところで、なんになるというのだ。適当な話題が見つからなかった。もう一本、煙草をくわえた。

「剣道、どれくらいやったんですか？」

「大学に入ったころからはじめて、三年とちょっとやっただけさ。ただな、猛烈な稽古をやった。防具なしだ。いつも痣だらけで、時にゃ肋骨を折ったまま竹刀を振ってたこともある」

「試合は、ちがうでしょう？」

「当たり前だ。だけどな、防具なしで打たれると痛い。そりゃたまらんぐらい痛いもんさ。痛けりゃなんとか避けようとする。躰が自然にな。防具くっつけて稽古するより、打たれることの怕さってやつがわかるんだ」

竜太が頷いた。摑んだ砂をスニーカーの上に落としている。

「船って、面白いもんですか？」

「おまえ、船乗りになろうなんて考えてんのか？」

「ぼくは、ひとり息子ですから」

「家業を継ぐか。おまえんとこの旅館は、いつ潰れるか知れたもんじゃないぞ」

「潰れません」

竜太がはっきりと言った。思わず顔を見た。竜太の眼は水平線の方をむいていた。

私が船に乗ったのは、偶然だった。ほんとうは、医者をやめようと思っていた。実際、大学病院はやめてしまっていたのだ。船医ってのは楽なもんだぞ。宿酔の薬出すのが仕事みたいなもんだ。重症患者は、病院のある港で降ろしちまうんだからな。酒場でそんな話を聞いた。私は酔っていてほとんど正体をなくしかけていたが、翌日ポケットから船会社の人事課長の名刺が出てきて、その話を思い出したのだ。

気紛れに電話を入れた。海と船が好きだから、医者の仕事がなければ甲板員でもいい、と言った。反対の返事が返ってきた。甲板員は必要ないが、船医としてならいつでも契約する。給料も労働条件も、これでいいのかと思うほど上等だった。

その船会社は、世界中に航路を張りめぐらせていた。三国間輸送の便宜置籍船まで入れると、百隻近い船を抱えていた。乗るたびに航路が違った。ほんの数年で、私はアフリカから南米の端まで、世界中を股にかけることになった。

　医者としての仕事は、怪我の応急処置くらいのものだった。健康に自信のないものは、あまり船に乗らない。時折、血圧を気にしている船長や、神経症気味の一等航海士がいるくらいだ。三人ばかりの盲腸を切り、肋骨を肺に突き刺した機関部員の手術をし、胃穿孔の緊急手術をした。憶えているのはそれくらいだ。胃穿孔の時だけは、研修を受けた航海士を助手にしたが、ほかはひとりでやった。私の専門だった冠動脈バイパス手術と較べると、遊びみたいに簡単な手術だった。

「船に乗ってみたい、と思ったことはあります。父が好きですから」

　竜太の手は、まだ砂を掴んではスニーカーの上に落とし続けていた。

「そういえば、おまえの親父は高校のころ、商船大学に行くといって、おじいさんと大喧嘩したことがあったよ」

「いまだって、おじさんのことを羨しがってますよ」

　何度か、坂口は船に遊びにきたことがあった。東京に出てきた時、たまたま私の船が横浜にいたりすると、必ず嗅ぎつけてやってくるのだ。

「旅館の仕事ってのも、結構大変なもんだな。きのうの火事騒ぎを見て、そう思ったよ。自分よりも、客の安全が大事ってことだからな」

「ぼくは、駄目でした。慌てて、消防車呼んだだけです」

「おまえ、やけに大人ぶってるな。あんな時は、子供の出る幕じゃない」

中学一年の時、私はどこにでもいるサッカー少年だった。といっても、あのころサッカーをやっている人間は少なかった。それが得意だったものだ。坂口は、六本木の知合いの家に下宿していて、土曜になるとよく私の家へ泊まりに来た。そのころから、大学は商船大だと言っていた。ひとりっ子だからな、親を説得しなくちゃならないんだ。口調まで思い出すことができる。

「親父が、人を殺してたとしたら、おまえどうする？」

砂を摑んだ竜太の手が、一瞬止まった。残酷な気分で言っているわけではなかった。私も砂を摑んだ。靴の上にさらさらと落とす。竜太の手からは、いつまでも砂は落ちてこない。

「人殺しだって、友だちは友だちだ。俺にとっちゃそうだ」

「父は」

「殺したわけじゃない。俺は不愉快なたとえ話をしてるだけさ」

竜太の手からは、まだ砂は落ちてこない。私は海の方へ眼をやった。照り返しが眩しい。貨物船が一隻、逆光の中に見えた。五百トンほどの、小さな船だ。

ひとかたまりになった砂が、竜太の手から落ちた。汗で湿ったらしい。砕けた砂の一片が、握りしめた指の跡を刻みつけている。

「おまえがどう思おうと、親父は親父だ」

「人を殺そうとしたなんて、思ってません」

「刃物を振り回した。そいつは事実らしいな」

「なにか、事情があるんだ」

竜太の声が、呟くように低くなった。

俺なんか何人も殺したよ、言おうとした言葉を私は呑みこんだ。

実際に殺した。外科手術で患者が死亡するというのは、めずらしいことではない。まして心臓の手術だ。たとえ死亡しても、自分にミスがないという自信があれば、殺したなどという気分にはならない。冠動脈の閉塞にバイパスを通す手術で、失敗したことはほとんどなかった。急性期を過ぎ、症状の安定した患者に施す手術だからだ。死亡する患者のほとんどは、ほかに疾患を持っていた。弁の閉鎖不全、動脈瘤、心筋そのものの疾患や極度の肥大、複合的な不整脈。糖尿病の場合もある。成功の確率が一割に満たなくても、手術をしなければならない時もあるのだ。

水田陽子は、一年間私の患者だった。十二歳。竜太と同じ歳だった。心室中隔欠損症という先天的な疾患で、入院してきた時は欠損部に細菌感染を起こし、心内膜炎で重態だった。まず、濃厚な抗生物質療法で炎症の手当てをした。それが落ち着いてから、種々の検査をした。いくつかの先天性の奇形が合併していて、手術が必要だった。それも、内科的な療法で体力を回復させてからの問題だった。

一年の間、陽子の容体は一進一退をくりかえした。その時間が、私に医者として基本的な誤りを犯させることになった。

あどけない少女だった。幼いころから活発に遊ぶことを禁じられて、多少の夢想癖があった。夢の中で、遊んできたのだ。いつか、私はその夢に付き合うようになっていた。先生、あたしをお嫁さんにしてね、口癖のようにそう言ったものだ。私も、医学的な注意だけでない会話を陽子と交わすのを、愉しみにするようになった。

絶対に助けたい、そう思うと客観的な判断力を失うものだ。そのままの状態で、陽子が十五歳まで生きることは、ほとんど不可能に思えた。手術を、私は母親に強く勧めた。三十五、六の、上品で大人しやかな母親だった。そして私を信頼していた。

手術の日は、雨だった。雨ってきらいだな、あたし。歩くと水溜りを足で跳ねてしまうんだもの。予備麻酔で朦朧とした陽子が、私の手を握ってそう言った。それが、陽子の最後の言葉だった。

胸を開いた時、私は愕然とした。心臓が大人のものの二倍にも肥大していることはわかっていたが、ほかの奇形がひどかったのだ。最悪の状態として想像していたものより、ずっとひどかった。大動脈の騎乗、肺動脈の狭窄、僧帽弁の閉鎖不全。あやうい均衡の上に陽子の命が乗っていたことを、私は切開してはじめて知った。

六時間の間、私は手術室で絶望と闘っていたようなものだった。

「父は変わったと思います。三か月くらい前からです。でも、悪く変わったんじゃない」

「おまえにやさしくなったか？」

「逆です。ひどく厳しくなりました。ぼくを殴ることもあります」

「ほう、あいつが倅(せがれ)をぶん殴るのか」

竜太は、また砂を摑んでスニーカーの上にこぼしはじめた。いつの間にか、太陽が水平線の近くまで落ちてきていた。海も空も、まだ赤くない。太陽だけが赤く色づいている。

「おじさんは、なにしに来たんですか？」

「おまえの親父に会いにさ」

「父が警察だってことは、知ってたんでしょう？」

「新聞に出てたよ。俺は三日ばかり留守をしててね、戻ってから三日分の新聞に眼を通した。その時、記事を見つけたんだ」

「どう思いましたか？」

「さあな。確かめるために、おまえの親父に会いに来たんだ」

私は、何本目かの煙草に火をつけた。竜太のスニーカーが、砂で埋まってしまいそうだった。いつの間にか、沖の貨物船が見えなくなっている。

「おまえに頼みたいことがある」

「え、ぼくにですか？」

「親父の友だちのために、なにかやってやろうって気はあるかね」

竜太はしばらく考えていた。砂に埋まった足を引き出し、掌で払う。

「なにをやるのか、聞いてから返事します」

「分別臭いぞ、子供のくせして。俺はな、腹が減ってんだ。パンとビールを買ってきてくれ。泊まるところもない。できたら、毛布でも一枚あると助かる」

「お金、ないんですか？」

「馬鹿言え」

私は札入れを開いて見せた。

「どこの旅館も、俺を泊めてくれん。食い物屋も、多分、駄目だろう」

「なぜですか？　沢山（たくさん）お金持ってるのに」

「俺がこの街にいるのが気に食わん連中がいる。わかるか？」

竜太が、また砂を摑んだ。

「うちに泊まれば、いいんじゃないですか？」

「佐野に頼んどいたがね、なにも言ってこないんで駄目なんだろう」

「駄目なものは、駄目なのさ」

竜太が、スニーカーの砂を払った。顔をあげ、私の方に視線をむけた。

「ぼく、あの、頼んでみてもいいです」

かすかに、竜太が頷く。

「おふくろさん、にか？」

「いや、いいんだ。俺は浜で寝る。波の音にゃ慣れてるからな」

「でも」

「俺が頼んだこと、やってくれるのか？」

「いいです。パンとビールですね」

「八時半だ。場所はここにしよう。十分待っても来なかったら、置いて帰ってくれ」

車が欲しかった。いますぐ必要というわけではないが、いずれ足になる車が要るような気がする。なにしろ、タクシーは下山観光のものだ。

「美保町の方へ行けば、レンタカー屋はあるか？」

「ありません」

「どこまで行けば、車が借りられるかな？」

「わかりませんが、車なら佐野さんが持ってます。自分のです。時々走らせなくちゃならないって、ぼくを乗せてくれます」

「佐野の車か。ま、どうしてもって時にゃ、借りることにするか」

竜太が砂を掴んだ。まるで癖のようだ。いつも砂浜に腰を降ろして、時間を過ごす少年なのだろうか。

「そのうち、また稽古をつけてやる」

「はい」

「俺のは、いつだって防具なしだぞ」

竜太が頷く。上眼遣いに見あげてくる視線を、私は避けた。敦子に似ているところを、竜太の中に見たくなかった。

「行けよ。もうすぐ陽が落ちる」

「パンとビールのこと、佐野さんに話してもいいですか?」

「駄目だ。俺とおまえの秘密ってことにしとこう」

頷いて、竜太が立ちあがった。防潮堤の階段まで、一度もふり返らずに歩いていく。

私は沖に眼をやった。水平線が、赤く燃えはじめている。

14　手術

バーテンが顔を寄せて囁いた。例の『桜貝』だ。

「うちの店は、水割り一杯三万だが、それでいいのかね？」

七時を回ったばかりで、奥のボックスに客が二人いるだけだ。女たちも、私には寄ってこない。

「貰うよ」

私は一万円札を三枚出した。バーテンが手を出そうとする。私は指さきで札を押さえた。

「領収証を要求されたら、出さなくちゃならん。それは知ってるな？」

バーテンの手が、ゆっくりと引き戻された。睨みつけてくる。私は笑った。

「早く水割りを作ったらどうだ。ただし、領収証は貰うぞ。それも明細をきちんと書いてな」

「そんなもん、なにに使うんだよ？」

「さあな。この店は、ちゃんと税金は払ってるのか？」

「帰ってくれ」

「客だぜ、俺は」

「客を選ぶ権利だってあるんだよ。放り出されてえのか」

私はカウンターの上の札を収った。立ちあがり、カウンター越しに手を伸ばして、バーテンの胸ぐらを摑んだ。そのまま担ぐようにしてフロアに投げつける。女が悲鳴をあげた。転がったバーテンは、しばらくぼんやりしていた。

「帰したきゃ、帰ってくださいとお願いするんだよ。気をつけて口を利けよ」

ドアを押して外に出た。誰も追ってこなかった。

河沿いの散策路に出た。結構人は多い。なにも起こりそうになかった。時間が時間だ。それにまだ、酒場でちょっと手荒い挨拶をしたに過ぎない。

女が、私の腕を摑んだ。客を引く女にまでは、私の顔も知れ渡ってはいないらしい。ふり払った。三人ばかりふり払って、ようやく路地に入った。別の通りに出る。土産物屋が並んでいて、そこには女はいなかった。煙草を買った。煙草には不自由せずに済みそうだ。自動販売機に、私を識別する能力はないだろう。

奥田の店を覗いてみた。閉まっている。いい気なものだ。戸を軽く蹴飛ばしてやった。意地を張るなら、夜中まで張り通せ。

見覚えのある通りに出た。真直ぐ行くと、宮坂のアパートがある。アパートの近くまで歩き、電柱の蔭に身を隠した。しばらくじっとしていた。尾行られてはいないようだ。

宮坂の部屋には明りが点いていた。

ドアの前に立って、気配を窺った。話し声はしない。無人の部屋のようだ。ノブを回した。蒲団が見えた。宮坂がひとりで寝ている。入ってきた私を見て、眼を剝いた。

「てめえっ、てめえが」

言うだけで、宮坂は起きあがろうとしなかった。私は蒲団の脇に腰を降ろした。

「ぶっ殺してやるぞ。時間をかけてくたばらせてやる」

「やめとけ。おまえにゃ無理だ」

顔の傷は、それほどひどくなかった。私は蒲団を持ちあげた。着ているのは、アンダーシャツとブリーフだけだった。

「江原も、ほんとの紳士じゃないな」

宮坂の状態を見て、私は江原に喋ったことを後悔した。宮坂が吐いたと、私は江原にだけ喋ったのだ。

「見せしめにやられたのか？」

「俺に触るな、この野郎」

「じっとしてろ。こう見えても、俺は医者だ」

「医者？」

腕の傷に触れると、宮坂は低い呻きをあげた。

「ゴンよりましだ。そう思って我慢するんだな」

「ゴンだと。誰だ、そいつは？」

「おまえがぶち殺した犬さ」

　腕の骨は、折れてはいない。皮膚が破れるほど叩かれているだけだ。打撲の上に火傷を負ったような状態になっていた。肋骨は二本折れている。脚はひどいものだった。右の臑は完全に叩き折られている。左の腿には、刃物の傷が二か所あった。ひとつは深い。

「薬、あるか？」

「なにする気だ？」

「応急処置だ。放っとくと、おまえは一生右脚を引き摺って歩くことになるぜ。傷から細菌に感染して死ななきゃの話だが」

「治療しようってのか、俺を？」

「金はいらんよ。半分は俺のせいだ」

「あとの半分は？」

「おまえ自身のせいさ」

「押入れに、箱がある。赤いやつだ。薬や繃帯が入ってる」

　二段になった押入れの下に、ティッシュペーパーの箱くらいのものがあった。中身は、ちょっとした傷薬と下痢止めくらいのものだった。繃帯は二本ある。

「消毒液があるといいんだがな」

「袋だ。テレビの横の袋。ダチ公が内緒で買ってきてくれた」

紙袋には、新しい繃帯と消毒液と湿布薬が入っていた。私は、流し台の下の鍋に水を汲み、ガスにかけた。

「おまえ、裁縫はやるか？」

「サイホウ？」

「針と糸がありゃいいんだ。腿の傷の出血は、縫わなきゃ止まらん」

「やめてくれ、ひでえことはしねえでくれよ」

「多少痛いのは確かだが、放っとくともっとひどいことになるぞ。自分じゃなにもできないんだろう。友だちも、薬を置いてっただけだ。ここは俺に任すんだな」

「おまえ、ほんとに医者か？」

「信用するかどうかは、おまえの勝手だ。いやなら、帰ろうか」

宮坂が眼を閉じた。蒼白な顔がひきつったように動く。

「押入れを捜してくれ。ボタンをつけるのに使う針があるはずだ。自分でもどこだかわからねえ。瓶に入れといたような気がする。インスタント・コーヒーの瓶だ」

私は上体を押入れに突っこんだ。ひどい臭いがした。着古した服、ポルノ雑誌、毛布、下着類。瓶は、積みあげたポルノ雑誌の間に転がっていた。

「おまえ、確か二十二だったな。ポルノなんて捨てちまえ。この街じゃ女に不自由はしないだろう」

「やべえよ、病気持ってるかもしんねえ」

「見かけだけ突っ張ってるわけか。まあいいが、洗濯ぐらいはするんだな」

瓶の中の針と糸を、私は鍋に放りこんだ。アンダーシャツはナイフで裂いた。躰を動かすと、痛がるのはわかっていた。骨折したところに湿布薬を当て、テープで固定した。テープはそれでなくなった。

「江原がやったのか、自分で？」

「歯が、一本駄目になったって言ってた。歯一本と俺の命と、同じくらいだってよ。木刀で滅茶苦茶にぶん殴るんだ。それからヤッパでよ、脚を切られた。高畠さんが止めてくれなかったら、俺ゃ殺されてたよ」

言いながら、宮坂は泣きはじめた。私は手早く腕に薬を塗り、繃帯を巻いた。

部屋を見回したが、副え木になる適当な板がなかった。もう一度押入れに頭を突っこみ、棚の板を一枚剝がした。釘が一本打ってあるだけで、簡単に剝がれた。足をかけて、二つに折った。ちょうどいい長さになった。折れ口のささくれを、ガスの火で焼いた。

「ちょっと痛いぞ。口を閉じてろ」

接骨は、経験がなかった。どうやればいいか知っているだけだ。宮坂の股ぐらに足を突っ張り、両手で足首を引いた。ぐっと伸びてくるのがわかった。骨折した個所に掌を当て、ゆっくりと戻す。副え木を当てて、繃帯でしっかり縛りつけた。

「応急手当てだからな。明日病院へ行って、ギプスで固定して貰え」

「どうやって、病院に行くんだよ」

「友だちがいるだろう」

ガスの火を止めた。湯を捨て、指さきを消毒液で洗い、針と糸を取りあげた。宮坂は額に脂汗を浮かべている。

「こっちはそれほど痛くない。糸が糸だから、あまり気持よくはないがね」

開いた傷口を指さきで合わせ、三針ずつ通していった。七針で済んだ。消毒液をしませた繃帯を巻きつける。

こんな傷を縫うのは、眼をつぶっていてもできた。もっと細かくなると、私の指は動かないのだ。ほんとうは昔通り動くのかもしれないが、自分で動かないと思いこんでいる。それは動かないのと同じことだった。

水田陽子が死んだ夜、私ははじめて浴びるように酒を飲んだ。あのしとやかな母親が、私を人殺しと面罵(めんば)したのだ。手術そのものは、私が強く主張したとはいえ、医局で決定したことだった。奇形の状態を見て、部長も手の施しようがなかったことを認めた。責任は、ないはずだった。手術をしなかったとしても、どれだけ生きられたのかわからない。

それでも私は、酒に逃げこんだ。素面でいると、雨の日はきらいだと言った陽子の声が、耳の奥で執拗に続くのだ。はじめてだった。それまで死なせた患者の時のように、割り切ることができなかった。

患者に、不用な親しみの感情を抱き、無理な手術を強行して失敗した私には、もともと医者の素質がなかったのかもしれない。いや、死に対して衝撃を受けた私が、医者にむいていなかったのだ。死は死と割り切るべきことだった。

メスを持つのを、恐れるようになった。そして毎晩酒だった。ある夜、池袋の路地で、チンピラ三人と立回りをやった。お互いに棒を握っていた。簡単に叩きのめした。再び立ちあがったチンピラが、いきなりナイフを投げつけてきた。切りつけてきたのなら、私は躱しただろう。飛んできたのだ。しかもそれがナイフだとはわからなかった。無意識に、手で払っていた。

掌の、指の付け根を三センチほど切った。大した傷ではなかった。それでも、私の指は動かなくなった。

自分でそう思うことで、逃げたのかもしれない。

「ほっとしたぜ」

宮坂がちょっと頭を持ちあげ、自分の足の方を見た。

「折れた足がよ、変なふうに曲がって、短くなってるみてえだったんだ。痛てえのも痛てえが、そっちの方が心配だった。一生曲がったまんまの足でいなくちゃならねえと思ってよ。いまは、真直ぐなってるみてえだ」

「病院に行ってギプスで固定して貰うんだ。ほかの傷は心配ないが、それだけはやって貰え」

「どうやって行けってんだい。薬買ってくるんだって、ダチ公は専務に内緒でやったんだぜ」

「金は持ってるのか？」

「オケラよ。下山観光の安月給じゃな」

私は煙草に火をつけた。宮坂が欲しそうな顔をしている。一本くわえさせた。

「煙草はいいが、酒は二、三日我慢しろ」

「そんな金、ありゃしねえや」

私は、札入れから摑み出した金を、二つに折って宮坂に渡した。

「なんだよ、これは」

「半分は俺のせいだって言ったろう」

「十万はあるんじゃねえか」

「二、三万払ってやりゃ、友だちだってちょっとは動いてくれるだろう」

時計を見た。八時になっていた。宮坂の治療は、十五分くらいで終っていた。捨てたものではない。骨折と七針の縫合（ほうごう）だ。

「宮坂、ひとつ訊いていいか？」

「なんだよ？」

宮坂は、腹の上に載せた灰皿に灰を落とした。

「おまえ、なんで坂口の家の犬をぶち殺したりした？」

「それか。専務に言われたんだ。犬でもぶち殺してこいってな」

「江原に」

「犬ぐらいならな、どうってこたあねえと俺ゃ思った」

「放火は？」

「知らねえよ、そりゃ。俺がやったのは犬だけだ。きのうの晩は、俺ゃ専務にぶっ叩かれてた」

「高畠は荒っぽいことはせんのか？」

「しねえな。ほんとに強い人は、そんなこたあしねえもんさ。専務がやろうとすることを、いつも高畠さんが止めてんだよ」

「やくざだって話だがな」

「人を殺したこともある。四年も懲役（つとめ）たんだぜ。大阪でやったんだってよ」

「やる時は殺すまでやる、そんな男か」

私は呟いた。指のさきから、灰がポトリと畳に落ちた。放っておいた。埃だらけの部屋だ。

「下山が、いつ帰ってくるか知ってるか？」

「明日じゃねえのか。組合の集まりがある。社長はそいつを欠かしたことがねえんだ。なにしろ、理事長だからよ」

「下山も、江原みたいに荒っぽいのか？」

「一番恐ろしいのは専務さ。社長も恐ろしい。高畠の兄貴は、いい人だよ」

宮坂の腹の上の灰皿で、私は煙草を消した。私の人を見る眼は、あてになりそうもない。いや、予断があったのだ。奥田が喋ったことを、そのまま鵜呑みにしていた。

「奥田って知ってるか。スマートボール屋をやってるだろう」

「あのじいさんか。社長と仲が悪いんだ。息子が工務店やっててな。社長だってうっかり手は出せねえ。なにしろ大工とか左官とか、使ってるやつらがいっぱいいるからよ。喧嘩になりゃ、そいつらを全部ダンプに乗せてきやがる」

狸が、私は低く呟いた。宮坂が、どこまでほんとうのことを知っているのかは、わからない。だが、あの奥田が、私が考えていたような男でないとしても不思議はなかった。

「スマートボール、やったことあるか？」

「いや、あそこに出入りしちゃならねえって言われてる。あそこの土地は、社長のもんなんだよ。それをあのじいさん、動きやがらねえんだ。弁護士なんか連れてきてな」

私はもう一本煙草に火をつけた。宮坂はフィルターの根もとまで喫った煙草を消した。

「坂口がなんであんな真似をしたのか、俺はいまだにわからん」

「俺たちだってそうさ。ただ、安井が来るのは社長にゃわかってたみてえだ。早過ぎたって呶鳴ってたからよ」

私は宮坂の腹の上から灰皿を取った。押入れの襖に貼りつけられた、裸の女の写真に眼をやった。脚を大きく拡げた、露骨な写真ばかりだ。

「おまえ、女はいるのか？」

「いねえよ。いい女は、誰かが女房にしちまう。こだまの姉貴がそうさ。こだまだって、いまに誰かの女房になるに決まってる」

煙草を喫い終えるまで、写真を眺めていた。よく集めたものだ。食べ物を節約して集めた写真なのかもしれない。大事にしていることは、よくわかった。

「下山観光なんて、早いとこやめちまうんだな」

「もう馘さ。よかった、と思ってるよ。あそこにいたって、いい思いができるわけじゃねえしな。怪我が治ったら、俺ゃ米子にでも出るよ。あそこなら、まっとうな仕事だって見つけられる」

「いままでみたいに、いい調子じゃ勤まらんぜ」

「わかってる。高畠の兄貴がいなかったら、とっくにやめてたんだ。毎晩、女の張り番をさせられてよ」

　私は煙草を消した。立ちあがり、襖の写真を一枚剝がした。

「治療代に、一枚貰っていいかね？」

「もっとばっちり映ってんのがあるぜ」

「俺の歳じゃ、この程度だ」

「まあ、いいや。どれでも持ってってくれ」

　病院に行けよ、部屋を出る時、私はもう一度言った。手の中で治療費代りの写真を二つに裂いた。ポーズも顔も気に入らなかったのだ。

15　四年前

　竜太はすでに来ていた。

　私は砂に腰を降ろし、缶ビールの栓を抜いた。袋の中はパンではなかった。折詰だ。

「豪勢なもんだな。どこで買った？」

「うちの調理場です。板さんに、少しずつ分けて貰ったんです。夜食にするからと言って」

「客は、いっぱい泊まってるのか?」

「半分くらいです。火事があったんで、団体がひとつほかの旅館に移りました」

「大人の話に聞き耳を立ててるな、おまえ」

私は、折詰をジッポの火で照らした。煮物や焼魚が雑然と並んでいる。もうひとつの折詰は佃煮(つくだに)と飯だった。

「そいつはなんだ?」

「寝袋(シュラフ)です。父のですから、おじさんにも合うと思います」

「親父が、そんなもの持ってるのか?」

「夏に、父と二人だけでキャンプに行きました。その時、買ったんですよ」

「坂口がキャンプね」

手で押さえてみた。羽毛の高級品だった。ビールがのどにしみる。

「もういい。帰れ」

「ほかに、いるものはありませんか?」

「朝めしも持って来てくれるか?」

「握り飯だったら、持ってこれると思います。注文が沢山あったみたいだから」

「上等さ。口に入りゃなんでもいい」

竜太が帰っていった。砂を踏む音が、波の音に入り混じってすぐに聞えなくなった。

私は缶ビール三本を飲み、折詰を平らげ、砂をならして寝袋を拡げた。潜りこんで眼を閉じたが、眠れはしなかった。三か月前の、東京のホテルでのことを考えた。二十五年になる付合いの中で、坂口が私を殴ったのはあの時だけだ。私が殴ったことは思い出せても、坂口に殴られたことは思い出せない。痛くはなかった。痛いのは、心の方だった。

眼を開けた。気絶するまで殴り続けてくれればいい、と私は思い続けていた。

星が見えた。長い時間、じっと星を眺めていた。躰の中を、駈け回っているものがある。怒りに似ていた。切なさも、入り混じっていた。寝袋から手だけ出して、煙草に火をつけた。赤い点が、星のいくつかを消した。凪はないようだ。音もしない。

敦子の顔が、不意に浮かんだ。逢引の場所に現われ、私の姿を見つけた瞬間によく見せた笑顔。私たちは、何度逢引したのか。日曜の公園、都心の喫茶店、駅の改札口。捨てる気はなかった。裏切ったつもりもなかった。私は、自分がこれからはじめようとしている仕事に、夢中だったのだ。アメリカで、ただ勉強をしたかった。技術を身につけたかった。敦子のことを考える余裕すら持てないほど、夢中になっていた。

坂口と結婚するのならいい、そう思った。私と敦子のことを、坂口が知っているのかどうかも、気にしなかった。私が日本に戻った時、敦子はすでに記憶の中にだけいる女だった。私が知っていた敦子と、坂口の妻である敦子は、ちがう女だった。しかし、そうなのか。ならばなぜ、私は執拗なくらいの坂口の誘いを断わり続けてきたのか。美保温泉に来て、敦子と会うことを怕がっていたのではないのか。

敦子がなぜ死んだのか、私は知らなかった。坂口と会った時、短い悔みの言葉を口にした。坂口も、短い言葉で受けた。それだけだった。昔の、船医になる前の私だったら、病状のことをいろいろ訊いたかもしれない。坂口も、多分、相談しただろう。だが、四年前の私は、それを知ったところでどうしようもなかった。たとえ心臓の疾患だったとしても、私にはなにひとつとしてできなかった。メスを握るのを、怕がっている医者だったのだ。

眼を閉じた。眠れそうな気がした。寝袋の中は暖かい。躰が溶けていきそうだ。しかし、眠れそうな気がしただけだった。

時計を見た。俯せになり、寝袋から這い出して手足を伸ばした。

人通りは少なくなっていた。

なるべく目立たない通りを、私は歩いた。酔客がまったくいなくなる時間ではない。

奥田の女の家は、もう明りが消えていた。私はスマートボール屋の方へ回った。周囲に人影はない。引戸を持ちあげた。古い木の引戸だ。持ちあげて下の方を蹴りつけると、簡単にはずれた。

ライターを点けた。遺物のようなスマートボールの台が、ぼんやりと浮かびあがった。過去が図々しく腰を据えているようなものだ。明りのスイッチを探った。蛍光灯が二本点滅し、店の中が明るくなった。

私は、台の後側に回った。椅子の脚で、電気系統のコードをズタズタにした。台はみんな老いぼれていて、大した力も必要ではなかった。それから、椅子を振りあげて一台ずつ台を打ち毀していった。派手な音がした。一台を打ち毀すのに、椅子を二度振り降ろせば充分だった。二十台の台を潰すのに、三分もかからなかった。修復するのは難しいだろう。いま時、スマートボールの台を製造している工場など、あるはずはない。玉を、床にぶちまけた。二百何十個かの貸しは、これで帳消しにしてやってもいい。

音を聞きつけて人が出てくる前に、私は店を出た。しばらく歩いてふり返ったが、誰か出てきた気配はなかった。

路地を縫った。あまり人に会いたくはない。一時を回ったところだ。まったく人通りが絶えてしまう時間でもなかった。しかし、路地を縫ったために、人に会った。『桜貝』のある通りの入口だった。

出てきたのは四人だ。ひとりは『桜貝』のバーテン、もうひとりは昼間の黒い革ジャンパーの男、あとの二人は知らなかった。

お互いに立ち止まり、睨み合う恰好になった。

「まだうろついてやがったのか、おまえ」

出てこようとした革ジャンパーを、バーテンが止めた。

「こいつ、馬鹿力だぞ」

「どうってことねえよ。昼間、俺のパンチをボディに食って、泣きそうな顔してやがったんだ」

逃げ道を、眼で探した。『桜貝』の通りを突っ切れば、大きな通りに出られる。しかし四人だ。騒ぎになれば、もっと出てくるかもしれない。

革ジャンパーが、一歩出てきた。昼間と同じ構えだ。待った。腹に飛んできた拳を、躱さずに左腕で受けた。次の瞬間、右肘で顔を弾いた。吹っ飛んだ革ジャンパーが、上体を起こして頭を振った。二人が助け起こす。鼻血が、顎のさきから滴っていた。闇の中で、血は黒っぽい色に見えた。

「油断したんだ」

革ジャンパーが掌で鼻を拭いながら言う。私は足場を測った。路地は曲がりくねっている。下手に走れば、道筋に明るいこの連中に先回りされる危険があった。走るなら、『桜貝』の通りを突き抜けることだ。

私の方から、一歩踏み出した。四人が退った。退りながら間隔を取った。通れそうもない。前の二人を弾き飛ばす間に、横の二人に組みつかれるだろう。それは避けたかった。組みつかれれば、構えもなにもあったものではない。力と力の勝負になる。私に、四人分の力はなさそうだ。

もう一歩踏み出し、踏み出した足で路面を蹴るようにして身を翻した。五歩、六歩、そこでまた躰のむきを変える。追ってきたひとりと、まともにぶつかった。抱きとめ、膝で蹴りあげ、横に投げる。走った。『桜貝』の通りを一気に走り抜けようとした。足に手が絡んできた。きれいなタックルだ。私は前のめりに倒れ、そのまま躰を回転させて手を振り払った。立ちあがる。息を吸った。左側の男に躰ごとぶつかり、背中に飛びついてきた男を肩に担ぎあげて路面に叩きつけた。白いものが、視界を掠めた。私は跳び退った。明りの消えた酒場のドアに、腰をぶっつけた。建物の壁に背をつけるようにして、横に移動した。

刃物を握っているのは、革ジャンパーともうひとりの男だ。匕首とナイフだった。

小刻みに息をしながら、横に移動し続けた。肩に、棒のようなものが触れてきた。手で探る。モップのようだ。柄を握った。

刃物の二人が、左右から一歩ずつ踏み出してくる。私はモップを横に薙いだ。打つつもりはなかった。そのままの勢いで、壁の角に叩きつける。折れた。狙ったより多少短かったが、匕首を相手にするには充分だった。

ゆっくりと息をした。四人との距離を測った。四人とも、肩で息をしている。刃物と棒とどちらが有利なのか、決めかねているのだろう。無謀に突っこんではこない。それでも四人だった。四人であることに、次第に自信を持ちはじめるのが、私にはよくわかった。

革ジャンパーが出てきた。左側のナイフも踏み出してきた。前の二人が姿勢を低くする。私は路面を蹴った。革ジャンパーの匕首を叩き落とし、ひとりの額を打ち、突き出されてきたナイフを跳ねあげた。そのまま、上段に棒を構える。ひとりだけ打たれなかった男が、口を開けて後退りした。

「行きな」

構えたまま言った。足を踏み鳴らす。それを合図にしたように、四人が左右に走り去った。匕首もナイフも路上に残したままだ。

私は棒を捨てた。煙草に火をつけ、左右のどちらに行くか、ちょっと考えた。大きな通りに出ても路地を縫っても、防潮堤までの距離は大して変わらない。

左にむかって歩こうとした。路地から、黒い大きな影がのっそりと出てきた。

「やるね、先生」

高畠だった。私は煙草を捨てた。

「若い衆がやられるところを見物かね」

「もうちょっと痛い目に遭わせてくれてもよかった。あいつら、ほんとの恐ろしさを知らんから」

「兄貴分としちゃ、黙って引っこむわけにゃいかんだろう」

「まあね。しかし無茶な人だ。夕方、小野田を、さっきのバーテンですがね、派手に投げ飛ばしたそうじゃないですか」

「この街に来た時から、あいつは気に食わなかったんだ」

「それにしたって、なんのために『桜貝』なんかに来たんですか？」

「赤い布さ、闘牛士が振るやつがあるだろう」

「一回しか振らなかった。一回じゃ牛だって動きませんぜ」

「別の用事ができたんでね」

高畠が、ゆっくりと近づいてきた。路上の匕首に眼をやる。

「俺はこれを使わせて貰うかな。先生は棒きれでしょう？」

「君が素手なら、俺もだ」

「じゃ、そうしましょう」

「怕いのかね？」

「人をね、刺したかないんですよ。もういやだ。やりようによっちゃ、素手の方が怕いもんでしょう」

「どこに行く？」

「瑞元院。河のむこうの寺です」

　高畠が歩きはじめた。私は肩を並べた。

「ひとつ、礼を言っとかなきゃならんことがあります。宮坂が世話になったそうで」

「皮肉かね？」

「御冗談を。さっき様子を見に行きましたらね、きちんと治療受けて、金まで持ってました」

「江原ってのは、いつもあんななのか？」

　高畠は答えなかった。煙草をくわえ、マッチで火をつけた。右手のブレスレットが、炎を赤く照り返す。

「宮坂は郷里へ帰します。会社馘になっちまったもんでね。野郎は沖縄の生まれなんですよ。それが、こんな街に流れ着きやがって」

「君は、どこだ？」

「さあ、忘れましたね」

「やけに爺臭い言い方をするじゃないか。筋者がそんな口利くようになったら、おしまいじゃないのか」

「スパッと終っちまやいいって、時々思いますよ」

「江原と合わんのか、それとも下山か？」

「社長にゃ世話になってます」

大きな通りを突っ切り、また路地に入った。河沿いの道はすぐだ。私も煙草をくわえた。私の手の小さなジッポに、高畠はちょっと眼をくれたようだった。

「ひとつだけ教えろよ。八日に、下山観光の事務所でなにがあった？」

「つまんねえことです。先生は、なんで坂口の旦那にこだわるんですか？」

「友だちが留置場だぜ」

「出てきますよ。なにもやっちゃいないんだから」

「それが出てこない。下山観光は、俺を街から追い出そうとするし」

「坂口の旦那は、刃物振り回したりする人じゃないです。それが、思わず握っちまった。安井が、いいとこで連れていきましたがね」

「なにがあったんだ？」

「つまんねえことです」

河沿いの道に出た。いくらか明るくなった。高畠が、短くなった煙草を河に弾き飛ばした。雪洞のかたちをした街灯を、水面がチラチラと照り返している。私は立ち止まった。二、三歩行き過ぎた高畠が、ふり返って私を見た。

「四年も前のことに、坂口の旦那はこだわったんです」

四年前といえば、敦子が死んだ時だ。私も煙草を河に弾いた。赤く細い弧が、一瞬闇(やみ)に消え残った。

「言わなくてもいいことを、専務が言っちまった。言ったその足で、自分は東京に逃げちまいましたがね」

「坂口が、つまらんことで刃物を握るような男じゃないことを、君は知ってるな」

「そりゃ、まあ」

「昔の女房のことだったのか？」

「御存知なんですか？」

「俺の友だちでもあった」

私は歩きはじめた。高畠が追いついてきた。しばらく、黙って歩いた。橋が見えてきた。対岸の瑞元院の木立ちは、黒い山のような塊りに見えた。

「江原が、坂口に言ったんだな？」

「坂口の旦那を嵌(は)めるつもりだったそうです。旦那が刑務所(ムショ)ってことになりゃ、『潮鳴荘』は女将(おかみ)ひとりになっちまう」

「下山が、敦子に、坂口の女房になにかしたってことだな」

「社長の悪いとこでね」

橋を渡った。未舗装の道になった。街灯もない。

「なぜ、俺に喋る？」

「教えろって言ったじゃないですか」

「自分の親分のことだろう」

「俺はね、会社辞めようかと思ってんです。嫌気がさしてましてね。盃を交わしたってわけじゃないんですよ」

「いい身分でいられるんじゃないのか？」

「さあね。社長と専務は、いつかはぶつかります。俺にゃもう見えてる。それに、堅気面してんのが、たまんなくなりました。筋者は筋者です。常務なんて柄じゃない」

「よく喋る男だな」

「喋りたいことを喋るってのは、いいもんですよ」

山門の前にきた。私は立ち止まった。

「坂口の旦那みたいな人が、押し潰されてくのを黙って見てたかない。だから喋ったんです。誰に喋ったわけでもねえ。ひとり言みたいなもんですよ」

「やり合うこたあない、そんな気がしてきたがね」

「それとこりゃ、別のことでしょう。俺みたいな半端者は、いつだって刺したくもないやつを刺したり、殴りたくもないやつを殴ってやってきたんです」

「つらいもんだな、筋者の世界も」

私は暗い境内に眼をやった。高畠が、さきに山門を潜った。

16　鍵

牛みたいな男だった。

これで刃物でも握っていたら、避けきれるかどうかわからない。二度ぶつかり合って、二度とも私が弾き飛ばされた。

私は横に回った。突進を避けるには、そうするしかなかった。間合が取れない。低く構えた高畠の姿勢は、はじめから変わらなかった。どこからでも突っこんでくる。私が足を止めた瞬間に、すごい速さで突っこんでくる。

一歩、踏みこんだ。すぐに横に跳ぶ。腹を打たれた。擦れ違いざまに、肘を飛ばしたようだ。器用なこともやる。

眼が光る。私を見据えて動かない。受けるのは、不利だ。もう一度、踏みこんだ。突っこんでくる高畠の頭を抱くようにして、思いきり腰を回転させた。そのまま地面に転がりこむ。私が上になった。叩きこんだ拳は、高畠の首のあたりを打った。下半身が跳ねあがった。落ちた時、私は下になっていた。眼の下に拳が打ちこまれてきた。闇が、一瞬赤くなった。二発目がくる前に、私は下から突きあげていた。立った。二人とも、ほとんど同時に立った。横に跳んだ。突進してきた高畠の顔を、私の肘が掠(かす)めた。

　睨み合う。眼だけを、私は見ていた。闇の中で、白く冷たい光を放っている。同時に、踏み出した。ぶつかった瞬間、右肘で頭を弾き、腰を捩(ねじ)った。高畠の躰(からだ)が、私の腰に乗り、一回転して落ちた。私が上体を起こした時、高畠はもう立っていた。一瞬だけ、私が踏み出すのが早かった。顎(あご)に右を叩きこんだ。横に泳いだ高畠が体勢を立て直そうとするところに、左の返しを打ちこんだ。高畠が膝をついた。そう見えた。蹴上げようとした私の足を、高畠が抱きついて持ちあげた。倒れながら、私は腰を捻(ひね)った。下にはならなかった。並んで倒れた。お互いに、反対の方向に躰を回転させ、立ちあがった。私は荒い息を吐いた。つられたように、高畠も口から息を吐いた。

　このままでは、体力の勝負だ。体重は、高畠の方がだいぶ重い。私がさきに消耗するだろう。

　捨身しかなかった。

　踏みこんだ。ぶつかり、弾き飛ばされながら、私は摑(つか)んだ高畠の手首を放さなかった。私の上に高畠が倒れこんでくる。勢いがついていた。高畠の躰が、私の上で一回転した。立ちあがった。捨身になった分だけ、私の方が早かった。立ちあがろうとする高畠の腹を蹴上げ、前屈(まえかが)みになった時、首筋に両手を打ち降ろした。膝で眉間(みけん)を狙う。額を掠めた。足を払われ、私は背中から地面に落ちた。

立とうとした私の足に、高畠が抱きついてくる。絡み合いながら、立った。高畠の頭が、私の懐に潜りこんだ恰好だった。足が、地面から離れた。私の躰は、高畠の頭で突きあげられ、背中の方へ一回転して落ちた。

靴が、腹に食いこんできた。一瞬、息ができなくなった。二発目がきた。衝撃を背中に受けながら、私は足を横ざまに払った。高畠が腰を落とす。膝立ちの姿勢で、右を叩きこんだ。高畠の顎がのけ反る。組みついた。左肘を顎に押し当て、ベルトの前を摑んで横に倒そうとした。肘がはずれた。頭が顎に叩きつけられてきた。仰けに倒れた。のしかかってくる高畠の躰を、上体を振ってなんとか躱した。

立った。睨み合い。汗が、こめかみから顎のさきへ、つっと流れ落ちた。血、かもしれない。呼吸にして、二つ、そして吸った。跳んだ。同時だった。高畠の頭を抱え、膝を突きあげた。高畠の躰が浮きあがる。しかし、私は押されていた。二度目の膝は、倒れながら突きあげていた。下から拳を出した。上からもきた。高畠の拳には、体重が充分乗っていた。痛みはなかった。意識が、ふっと遠のいた。どれくらいの時間だったのか。二発目を、腕で受けていた。腕をとおして、顔に、頭全体に衝撃があった。渾身の力で、躰を捻った。跳ね起きる。地面が揺れた。高畠が遠ざかり、近づいた。

肺が、破れそうだった。破れはしない。知っていた。ここを乗り越えれば、苦しさは嘘のように消える。

高畠の右眼を、黒い布のようなものが覆い隠していた。血だろう。しかし高畠は、しっかりと足を踏みしめて立っている。肩が上下しているのがわかるだけだ。

数呼吸、むかい合っていた。潮合。それはわかる。むかい合っていれば、必ずわかる。踏み出したのは、やはり同時だった。高畠の突進を、私は右へ躱した。躱しながら、抜き胴を取るように足を飛ばした。高畠の躰が二つに折れる。倒れる前に、もう一度蹴った。前のめりに倒れようとしていた高畠が、仰けに吹っ飛んだ。もう一発、それで勝てる。躰は動いた。しかし高畠は、私の動きよりも速かった。私の靴のさきは、高畠の肩を掠めただけだった。躰ごと、ぶつかってきた。弾き飛ばされる前に、高畠の腕が私の胴に回っていた。締めつけてくる。締めつけながら押してくる。背中に両手を叩きつけても、高畠は怯まなかった。倒れそうになった。その時、胴の締めつけが不意に消えた。瞬間、ほっとした。腹と顎に、一発ずつ食っていた。三発目に合わせて、私は右を出した。そこまで、はっきり意識があった。

高畠が、立っていた。私は仰けに倒れていた。起きあがろうとした。頭が、やっと持ちあがっただけだった。それで力が尽きた。私にできるのは、眼を開けていることだけだった。

高畠の黒い影が、ゆらりと一度揺れた、踏み出してきたのだ。蹴られるのか。躰の力は抜けてしまっている。立て、自分に言い聞かせた。足も手も、自分のものではなかった。

「はじめて、だよ」

高畠の声は遠かった。感度の悪い電話でも聞いているようだ。

「こんな、殴り合い、はじめてだ」

もう一度、頭を持ちあげた。高畠も限界なのだ。喘ぐような喋り方が、それを証明している。せめて、上体だけでも起こせれば。

「俺、行きますよ」

私の顔のそばに、なにか落ちた。金属の触れ合う音が耳のすぐそばでした。

「先生にあげます。俺の、デスクの鍵」

声が、かなりはっきりしてきた。私は、高畠の顔を見ようとした。黒いだけだ。目の光も、見えなかった。

「坂口の旦那は、それで出られる」

また、高畠の躰が揺れた。ゆっくりと、私から遠ざかっていく。待てよ、言おうとしたが声にはならない。

眼を閉じた。船酔いのような、いやな気分だった。ほんとうに、時化の海の夢を見た。一瞬だっただろうと思う。眼を開いた。雲の割れ目に、星が見えた。雲は静止していた。変だ、と思った。雲と見えたものは、頭上を覆っている木立ちの枝だった。巨木が何本もある境内だったことを、私は思い出した。

　足が動いた。

　上体を、なんとか起こした。できれば、このまま眠ってしまいたかった。上体を起こしただけで、私は疲れきっていた。胃から、苦いものがつきあげてきた。二度、吐いた。気分は、いっこうによくならなかった。吐瀉物のそばで、キーホルダーが鈍い光を放っていた。摑む。坂口がこれで出られる、高畠はそう言った。わけがわからなかったが、私はしっかりとキーホルダーを握りしめた。

　立ちあがろうとした。地面が回った。とても駄目だ。大の字に倒れた。起きろ、誰かが囁いている。起きろ、起きろ。自分の声だった。起きた。立ちあがった。地面は回っている。耐えられないほど、気分が悪い。それでも、もう大の字には倒れなかった。立ったまま、吐いた。苦い液体だった。この苦さは胆汁かもしれない。歩くと、ひどい頭痛がした。また吐いた。脳圧亢進のためではない。もし脳の中に出血しているなら、前ぶれもなく吐くはずだ。冷や汗の出るような悪心を伴っているのは、むしろ安心していい証拠だ。大きく息をすると、胸が痛んだ。肋骨が折れている。そろそろと歩きながら、私は躰の痛みをひとつずつ点検していた。医学知識が、まず頭から出てきた。ほかのことも考えられるようになったのは、しばらく歩いてからだった。

下山観光の事務所に、明りはなかった。何時かわからない。時計はどこかでなくしていた。

握りしめていた高畠のキーホルダーには、六つ鍵があった。事務所の戸に、ひとつずつ差しこんでみる。

なかなかうまく指さきが動かない。四つ目で、ようやく鍵が回った。

暗い。外よりもずっと暗い。スイッチを探した。戸の横の壁にあった。明りが洩れたところで、仕方がない。ライターの火を頼りになにかやれるほど、私は身軽ではなかった。五、六歩で立ち止まり、荒い息を吐くという具合なのだ。

明るさに眼が慣れると、私は奥の高畠のデスクまで歩いた。肘掛椅子に腰を降ろす。一瞬、自分がなにをしにここへ来たか、わからなくなった。壁の時計に眼をやった。四時十三分。私が境内にぶっ倒れていた時間は、思ったよりずっと長かったようだ。

鍵を、デスクの鍵穴に差した。二つ目で、回った。一番上の抽出には、従業員名簿のようなものが入っているだけだった。

二段目の抽出。帳簿だった。ほかに書類、伝票の類い。帳簿を開いた。並んだ数字の意味が、私には読みとれなかった。伝票や書類は、用のなさそうなものばかりだ。三段目の深い抽出には、ライターのガスや煙草、道路地図、旅館のパンフレットなどが雑然と放りこんであるだけだった。

左の抽出に移った。一番上の抽出は、名刺、印鑑、朱肉、クリップ、ホチキス。二段目には薬の袋があった。かなり強力なトランキライザーだが、神経科で出したものではなく、内科で出したものだった。薬の袋の下に、封筒がひとつあった。六枚の借用証が出てきた。全部、安井が下山観光に出したものだ。一枚が百万から百二十万円。全部で七百万近い借金になる。三段目の抽出は、がらくただった。高畠のものらしい、去年の手帳にだけ、私は眼をとめた。

帳簿と封筒と手帳、それだけ持って私は事務所を出た。

頭痛はますますひどくなるばかりだった。躰の痛みも鎮まりそうもない。よろけながら路地を縫い、河沿いの道に出、やっと防潮堤に辿(たど)り着いた。山をひとつ越えて歩いてきたような気分だった。

砂浜はひどく歩きにくかった。寝袋の場所までくると、私は坐りこみ、ポケットを探った。煙草に火をつける。ジッポはなくしていなかった。煙がのどを通ったとたん、私はまた吐気に襲われた。煙草を消し、寝袋に潜りこむ。眼を閉じたが、眠れはしなかった。痛みが躰の中を走り回っている。

17　失うもの

砂を踏む音が聞えた。

私は眼だけ開けた。防潮堤の蔭で私のいるところは薄暗いが、沖の海面には明るい陽が射していた。

「なにを驚いてる？」

立ち止まった竜太に、私は言った。

「握り飯を」

「そうだったな。だけど俺には食欲がない。あとで食うから、その辺に置いてってくれ」

「怪我が」

「女みたいな声を出すな。どうってことたあないんだ」

私は上体を起こした。激痛が走ったが、耐えられないほどではなかった。

「俺の背中のところに、砂を積め。寄りかかれるようにするんだ」

竜太が、カバンと握り飯の袋を放り出した。ひとしきり、砂を寄せ集める音がした。

竜太の荒い息遣いも混じっている。

「できました」

私は、尻を少し後ろへずらした。それからゆっくり上体を倒した。楽な姿勢だった。寝ているよりも、ましだ。

「寝袋があったんで、助かった。夜はもう冷えこむからな」

「病院、行かないんですか？」

「俺は医者だぜ。どれくらいの怪我かは、ちゃんとわかってる。じっとしてりゃいいんだ」

「ここで、ですか？」

私は煙草をくわえた。うまくはないが、もう吐気は襲ってこなかった。

「学校へ行くところか？」

竜太が頷いた。きのうとはちがう手編みのセーターに、白い襟のシャツ。ジーンズは洗いたてらしく、ごわごわした感じだった。

私は、まずい煙草を砂に突き刺して消した。海はいくらか荒れ気味だ。風も強くなっている。晴れた朝だが、天候が崩れる前兆なのかもしれない。

「男には、頑張り通さなくちゃならん時があるもんさ」

多分、私の顔はひどい状態だろう。腫れているだけでなく、血もこびりついたままにちがいない。スエードの上着も、何か所か裂けていた。

「おまえの親父だって、いま頑張り通してるはずだ」

「そう思います」

竜太が、砂に腰を降ろした。のどが渇いていた。紙袋から、缶ジュースが覗いている。指さすと、竜太はふりかえり、すぐに気づいて栓を抜いた。少しずつ、口に入れた。甘さが快く全身に沁(し)みた。

「カバンを貸せ」

「教科書しか入ってません」

「いいから、言われた通りにしろ」

黒い革製のカバンだった。教科書が五、六冊とノート、鉛筆ケース。

「預かって貰いたいものがあるんだ」

私は、帳簿に借用証の入った封筒を挟んだ。高畠の手帳はポケットにある。こちらは役に立ちそうもなかった。

「おまえの親父を、留置場から出す決め手になるかもしれん大事なものだ。預かっていられるか」

「はい」

「俺が言うまで、誰にも見せるな。喋(しゃべ)ってもいかん」

竜太が頷く。私は教科書の間に帳簿を入れた。

「なにも、特別なものを持ってると意識することあない。ただ、できるだけカバンは放さんようにしてろ」

「父は、ほんとに出られるんですか？」

「わからん。出て欲しい、と俺は思ってる。そのために、ちょっと危ないこともしてる」

竜太の眼が、私を見つめた。敦子の眼。坂口よりも、ずっと敦子に似ている。

「もう行け。遅刻するぞ」

「帰ってくるのは、三時過ぎになります」

「だから？」

「昼ごはんをどうしようかと思って」

「余計なことは気にするな。おまえはいつも通りにしてりゃ、それでいい」

竜太が立ちあがった。時計を見、頭を下げて走り出した。

後姿が見えなくなった。私はポケットから高畠の手帳を出した。びっしりと書きこまれている。知らない名前ばかりだ。二週間に一度、病院の名前が出てきた。昨年の十月ごろから、医者にかかりはじめたようだ。薬からみて、考えられるのは神経症(ヒポコンドリー)だ。見かけによらない。そんなものなのだ。書きこまれている字は、きちんとした、いかにも神経質そうな字だった。

人影が見えた。女だ。晴子かと思った。姉の方だった。紫と緑のワンピースを着て、風に長い髪を靡かせている。

「義理の息子を、尾行てきたのかね。調理場から食い物を失敬して来いとけしかけたのは、確かに俺だよ」

「お怪我をなさったんですね」

「きのうの夕めしの時は、怪我なんてしてなかった」

照子が、乱れた髪を手で押さえた。繃帯が痛々しかった。私は煙草に火をつけた。まずいのを我慢して喫い続けた。

「あの子が、調理場から夜食を持っていくなんて、はじめてのことでした。それも、食べた様子がありませんの。気にしてたら、今朝のお握りでしょう」

「眼は届いてるらしいな。あなたに頼んで俺を泊めてくれるとまで、あいつは言ったよ」

「うちにおいでください」

色の白い女だ。その白さが、黒い髪をいっそう引き立たせている。

「主人も、怒らないと思いますわ。いえ、お怪我をなさっている新藤さんを放っておいたら、叱られるに決まってます」

「ほう、やっと俺の名前を思い出して貰えたのか」

「最初から、わかってました。主人が申していた通りの方でしたから」

「俺が来たら追い返せ、と坂口が言ったんだね？」

照子は答えなかった。紙袋を拾いあげ、ワンピースの膝を押さえて私のそばにかがみこんだ。

「手の方、どうかね？」

「言われた通りのお薬を、薬局で処方して貰いました。痛みも、もうありませんわ」

「一週間で、元通りになるはずだよ」

「うちに来ていただきます。構いませんわね？」

「ありがたいね、正直なところ。雨でも降ったらどうしようかと思ってたんだ」

「歩けます？」

「見かけはひどいかもしれんが、泳げと言われりゃ泳げるよ」

照子の口もとが、かすかに綻んだ。妹よりも地味な顔立ちだが、どこか性格にしっかりしたものを感じさせた。芯というやつがありそうだ。

「歩くのは構わんが、目立ち過ぎるな。なんせ、この顔だ」

私は顎に手をやった。腫れて熱を持っている。眼のあたりはもっとひどいだろう。

「待っててください。車を持ってこさせますから」

照子が防潮堤の階段にむかって歩いていった。ほんのしばらく、私はきれいな脚に見とれた。芸者をしていて畳に坐っていた脚とは、とても見えなかった。

私は、砂の上に置いた缶ジュースの残りを飲み干した。それからまた、高畠の手帳を繰った。社長、専務という字は、頻繁に出てくる。鳥取市の大病院の名前がひとつあった。安井、と書き添えてある。安井が入院でもしたのか。それとも、安井と一緒に誰かの見舞いにでも行ったのか。

照子が戻ってきた。私は腰をあげた。痛みはひどくなっている。しかし悪心はないし、めまいもしなかった。

防潮堤の階段を駈け降りてくる、佐野の姿が見えた。

「大丈夫ですか？」

息を弾ませながら、佐野が言う。私は歩き出した。砂に足を取られそうになった。佐野が背中をむける。背負っていくつもりらしい。

「肩を貸してくれるだけでいい」

丸めた寝袋を抱えた照子が並んだ。


新館の、海に面した広い部屋だった。波が、窓のすぐ下にまで打ち寄せている。

まず顔を洗った。鏡を見て、私はちょっとうんざりした。痣（あざ）が消えるのに、十日はかかりそうだ。

照子が、氷を持って入ってきた。床はのべてある。

「大袈裟にしないで貰いたいな。こんな怪我は、本人より見ている方がつらそうに思えるものなんだ」

「でも、冷やした方がいいんじゃありませんの、顔だけでも。それから着る物ですけど、主人ので合いますかしら。いまお召しになってるのは、繕った方がよろしいわ」

「奥さんに、訊いとかなきゃならんことがある。こっちへ来てくれませんか」

私は窓際の板敷のソファに腰を降ろした。テーブルを挟んで照子とむかい合う。

「どこまで、知ってるんですか？」

「なにも、存じませんわ」

「なにも？　坂口は言わなかったんですか？」

「三か月前に上京した時、主人は新藤さんにお目にかかったんですの？」

「会いましたよ、確かに。それから俺はすぐに船に乗っちまったけど」

「戻ってから、主人は変わりましたわ。どこがってはっきり申せませんけど」

「竜太も、そう言ってた」

「私の方が、新藤さんに訊かなくちゃなりませんわね」

「見当はついてるんじゃないですか？」

照子が私の眼の中を覗きこんできた。澄んだ眼だ。

「躰のことですか、やはり」

黙っていた。動きかけた照子の唇が、開いたまま静止した。白い歯が覗いている。

「覚悟は、できてるんです」

私は横をむいた。海に眼をやった。叫びたくなった。

「夜中に、変な咳をしてたんです。胸が痛いって言ってたこともありましたわ」

「自分が医者だってことが、情無くなりましたよ」

「あと、どれくらいですの？」

「長くて六か月。あらゆるデータがそう指してます。それでも、あなたがたの結婚生活と同じ長さだな」

「ちがいますわ」

照子が、指さきでちょっと鼻の下を擦った。私は煙草に火をつけた。続けざまに、まずい煙を喫った。

「三年間も、私はあの人の女でした」

不意に、照子の躰から色気がこぼれ出したような気がした。それはすぐに消えた。

「肺に原発した癌ですがね、肝転移があった。リンパ節にもね。手術で、何か月かは命を延ばせるかもしれない。だけど、助けることはできん。苦しませるだけでね」

「痩せてきましたもの、この二、三か月で」

煙草を消した。海に眼をやった。痛みは、もうはじまっているかもしれない。最後はモルヒネに頼るしかない、残酷な痛みだ。殴られた痛みなどとは、まるで違う。

「八日に、あいつはなにか言って出かけたんですか？」

「驚くなって。なにがあっても、いつものように商売をやっていけって」

「俺が現われたら、追い返せとも言ったんですね」

かすかに、照子が頷いた。その仕草が、どこか竜太に似ているような気がした。そんなはずはない。血で繋がった母子ではないのだ。

水平線に、タンカーの姿が見えた。五万トンはありそうな船だ。

「この話は、もうよそう」

また、照子が頷く。

「商売をきちんとやっていくのが、奥さんの仕事ってことだ」

煙草をくわえた。まずい煙を、喫わずにはいられなかった。

「犬は、もう飼わないいんですか？」

「さあ、いまは竜太も欲しがっていないみたいです」

「あいつとははじめて会った時、ゴンの屍体を引き摺ってた」

「見てましたわ。竜太となにかお話しになってましたわね」

「あいつは返事をしなかった。俺が話しかけただけでね。あなたが、何か言ってやればいい。俺は苦手だ、そんなことが」

「放っておきます」

「なぜ？」

「あの子は、これからゴンよりずっと大きなものをなくさなくちゃなりませんわ」

煙と一緒に、私は息を吐いた。

「お休みになった方が、いいんじゃありません？」

「躰だけは、頑丈なんですよ」

前の女房のために、坂口は下山を刺そうとしたのだと、私は言うべきかどうか迷った。

結局、言わなかった。

「坂口は、出てきますよ」

「ほんとですか？」

「俺が、出します。出せるだけのものを、手に入れた。今日か明日、坂口は出てくる」

「あの人、なにをやりたがってるんです？」

「あなたは、商売を守ってればいいんだ」

「そう、そうですわね」

「ひどい言い方かな」

「いいえ。あの人のために、新藤さんは傷だらけになって、それでもまだ、なにかやろうとなさってますわ。男の方って、いいものですわね。そう思うだけです」

短くなった煙草が、指さきを焼いた。その熱さに、私はしばらく耐えた。それから消した。

次の間から、佐野が声をかけてきた。照子が立ちあがった。

「薬、買ってきました」

「手伝ってくれるか。ひとりじゃちょっと無理だ」

私は上着を脱いだ。セーターを脱ぐために手を挙げると、胸に痛みが走った。

照子が部屋を出ていく。私は佐野に手伝わせて、上半身裸になった。

「肋骨が一本折れてやがる。そこをテープで固定するからな」

佐野が、紙袋から幅の広い絆創膏（ばんそうこう）を出した。折れたところにガーゼを当て、しっかりと絆創膏で固定した。胸が締めつけられて、ちょっと息苦しいような感じだった。

「外は大騒ぎですよ。奥田工務店のダンプが、職人を二十人ばかり乗せてやってきたんです。スマートボールの店が、滅茶苦茶に毀（こわ）されてたそうです。下山観光の方も、人を集めてます。常務の高畠さんが、大怪我をして家の近くに倒れてましてね」

「高畠？」

勝ったのは、高畠の方だった。その気になれば、私を殺すこともできただろう。それでも、家まで歩くことができなかったのか。

「奥田工務店と下山観光が、派手な喧嘩をやろうとしてるってわけか。やりたい連中にゃ、やらせときゃいい」

「下山社長が、今日戻ってこられるはずですよ。でも、美保署からパトカーが五台も来てます。両方とも、恰好だけでなにもできないんじゃないかな」

私が下着を着ようとすると、佐野が新しく買ってきたものを出した。

「女将さんの言いつけかね？」

「気の回る方ですよ。旅館をやるために生まれてきたみたいだ」

「あとで、使いを頼めるかな？」

「どこまでですか？」

「わからん。安井って刑事と会いたいんだが、美保署にいるかな」

私は新しい下着を着こんだ。服は、坂口のものらしい。私にぴったりだった。躰つきはそれほど変わらないのだ。

「安井さんは、こっちへ来ておられますよ。さっき見かけました」

「奥田の狸でもパクる気でいるのかな」

「さあ。制服の警官と一緒でしたが」

私は窓際の椅子に戻った。佐野がお茶を淹れてきた。

「奥田と下山は、昔から仲が悪いのかい？」

「ぼくがここへ来た時は、もういまみたいな状態でしたよ。今朝みたいなことが、一年前にもありました」

「奥田の家は山の方だって話だけど、工務店はどこにあるんだ？」

「美保町です。息子さんがはじめられたんですよ。十年くらい前だって話です。この新館も、奥田工務店で造ったものです」

「高畠の怪我は？」

「さあ、その辺はどうも。ぼくはちょっと耳に挟んだだけですから」

私は鎮痛剤の箱を開け、二錠出してお茶で呑みこんだ。自分で薬を使うことは、滅多になかった。というより、病気をしたことがない。だから、病気の苦しさというものも、躰では知らない。

「この街に、ステッキなんか売ってるとこはあるかね？」

「ステッキですか。土産物屋に杖みたいなのはありますが」

「竜太は木刀を持ってるな。そいつをステッキ代りに借りるか」

「ぼくのを、お貸ししますよ」

「君も持ってるのか。ついでに、車も貸して貰えないか」

佐野が、鍵をテーブルに置いた。

「木刀は、車の中にあります。時々、車を飛ばして、人のいないとこで素振りをしたりするんです、竜太くんと二人で」

「それにしちゃ、俺に殴りかかってきた時はひどかったな」

佐野が笑った。ポケットベルが鳴った。

「運動は駄目なんですよ、子供のころから」

ベルを止めながら佐野が言う。

私は海に眼をやった。だいぶ荒れはじめていた。沖の方にも、時々白い波が見える。空は相変らず晴れていた。

18 刑事

人が入ってきた。

私はまどろんでいた。入ってきたのが、照子でも佐野でもないことはわかった。いきなり次の間の襖（ふすま）を開き、部屋に入ってきてから声をかけたのだ。

眼を開けるのが億劫（おっくう）だった。鎮痛剤が効いたのか、痛みが鈍いものになっている。

「ひどい顔だな。だから言わんこっちゃない」

安井が、蒲団（ふとん）のそばに腰を降ろして灰皿を引き寄せた。

「眠れそうだったのに。あんたの顔を見てると、なおさら眼を開けるのがいやになる」

「用事があるっていうから、来てやったんだぞ」

私は上体を起こした。ゆっくり立ちあがり、窓際のソファに行った。灰皿を持って安井が付いてくる。

「何時、だね？」

「もうすぐ午だよ」

「外の騒ぎは、収まったのか？」

「なんとかな。両方とも、やりたいわけじゃない。しかし、解散させるのは大変だったよ。お互いに疑心暗鬼ってやつがある」

本格的に、海は荒れはじめていた。雲も張り出して、海は暗い色をしている。

「奥田と下山は、いつから仲が悪くなったんだ？」

「十年も前になるかな。下山観光のホテルを奥田工務店が建てることになってた。それが直前になって、鳥取の大きな会社に鞍替えしちまったんだ。それでじいさんが怒った。下山の土地にあったスマートボール屋に居坐って、借地権がどうのって言いはじめた」

「山持ちの長者じゃないのか。妾まで囲ってる。金持ち喧嘩せずってのは嘘だな」

「金のことじゃ、貧乏人以上に眼の色を変える。そんなもんさ」

「下山は、どこまでやる気なんだ？」

「それを、下山の犬の俺に訊くのかね？」

さ」

「俺は旦那をよく知らん。旦那が坂口にどういうことをしたか、それがわかってるだけ

安井が笑った。煙草をくわえ、デュポンで火をつける。

「このライターは、下山がくれたもんだ」

「漆が剝げかかってる。使い古しを恵んで貰ったんじゃないのかね」

「だから、犬なのさ」

眼が合った。相変らず、いやな眼だ。その眼の底にあるものを、私は読みとろうとした。

「下山は、ここを牛耳るつもりなんだろう。江原がひと声かけたら、俺を泊める旅館もなくなっちまった。もう牛耳ってるのかな」

「客商売ってのは、ゴタゴタを嫌う。それだけのことだよ。組合の理事長に坂口を選ぼうという動きは、この二、三年活発になってきてる。つまり、裏じゃ下山の言いなりにゃならんという旅館だって沢山あるってことさ」

「それで、下山は坂口に提携話を持ちかけた。断わられると嫌がらせをはじめ、とうとう罠に嵌めちまった。そういうことになるな」

「罠ね」

「罠なのかどうかは、どっちでもいい。俺は坂口を出したい」

「どうやって？」

「旦那が、出してくれるさ」

私は煙草をくわえた。ジッポでなく、安井のデュポンで火をつける。しばらくまどろんだのがよかったのか、煙草はまずくなかった。気分もよくなっている。

「あんたは、下山観光に七百万ばかりの借金がある。ちがうかね、安井さん」

安井の眼の光が、一瞬強くなった。そらすように、私は海の方を見た。鳥の姿はなかった。波頭が時々吹き飛ばされるほど、風が強い。こんな日は、巣のある岩礁でもじっとしているのか。

「なるほどな。なんとなく見えてきたぞ」

安井が煙草を消し、ネクタイを緩めた。グレーの、躰に合っていないくたびれた背広、襟首や袖口の擦り切れたワイシャツ。喉仏の目立つ痩せた首をしていた。

「高畠が、怪我して家で寝てる。君よりずっとひどそうだな。起きあがれなくて、女房がつきっきりだ」

神経症だからな、そう言ってやりたくなった。

勝ったのは、高畠だ。怪我の程度は同じくらいだったとしても、別れる時、高畠は立っていて私は倒れていた。

神経症にもいろんな種類があるが、共通しているのは、症状に弱いということだ。痛み、苦しさ、そういうものを過大に感じてしまうところがある。死物狂いでやり合っている時はなんでもなくても、ひとりで静かに耐えなければならない時、神経の方から参ってくる。高畠が起きあがれないというのは、ありそうなことだった。

「しかし、あの高畠をな」

安井がまた煙草をくわえた。喋るたびに喉仏が上下する。

「高畠がやられて、下山観光の事務所が荒らされたのは、今朝の事件の一方の原因だった。もう一方は、奥田のじいさんの店が滅茶苦茶にされたことだ」

「俺は旦那の借金の話をしてるんだぜ」

「借金なんてないよ」

「ほう、いいのかね」

「証拠を見せてみろ。あるのか？」

「さあね。しかし、この街の状況とあんたの借金、坂口の不当な留置、それをまとめて考えりゃ、県警本部だってタレコミのいたずら電話だと片付けるわけにゃいかんだろうな」

「脅(おど)してるのか、俺を？」

「ただの話さ」

安井がにやりと笑った。私は煙草を消した。安井が動揺したようには見えなかった。

「なんで、坂口にこだわるんだね、先生。俺がもういいと思ったら、出すよ。それまでは泊まって貰う」

「俺は、いますぐに出したいんだ」

私は立ちあがった。ひどくのどが渇いていた。お茶を淹れようと思ったが、面倒になってポットの湯をそのまま湯呑みに注いだ。ポットを持ちあげた時、胸に鈍い痛みが走った。

「下山観光の事務所で坂口を逮捕した時、現場に何人いたんだね」

「下には四、五人かな。上の部屋には、下山と高畠、それに若いのがひとりだ」

「実際の話は、坂口と下山と高畠の三人でやってたんだろう。若いのは、多分、呼ばれたかなんかして、二階に行ったんだ。坂口が若いのを刺せば、下山や江原の目論見通りだった。だが、旦那が早く現われ過ぎた。なぜ、待たなかったんだね？」

「妙なことを言うな」

「俺も妙な話だと思った。ずっとそのことを考えてたよ。結果として、あんたは坂口を助けたんだ。人を刺すまでには到らせなかった」

「だから？」

「ほんとに下山の犬だったら、もうちょっと待っただろうってことさ」

「意味がわからんぞ」

「借金のために、否応なく下山のために動いちゃいるが、本心はちがうところにあるんじゃないかってことさ」

湯を啜った。熱い。冷たい飲物よりも、熱い湯の方が少量でのどの渇きを癒す。

「どっちにしても、坂口は出さん」

「あいつが出てきたら、またなにかやるかもしれん」

「だから放っとけよ。留置場暮しをしてりゃ、気持も変わってくるもんだ」

「旦那の狙いは、それか」

「俺は、なにも狙っちゃおらん。泊める理由があるから、坂口を泊めてる」

湯呑みの湯を飲み干した。腹が熱くなった。立ちあがり、窓を開けた。風向きによるのか、音だけで風は入ってこない。波の音も、荒れているにしては遠かった。

「雨になりそうだ。時化の日でも、漁に出る船がいるのかな」

小さな漁船が、沖に見え隠れしている。眺望のいい場所だった。この温泉街で一番いい場所だろう。いくらか突き出した、岬とまではいえない岩場のはなで、窓の外は全面に海が拡がっていた。

「湯には入ったのかね、先生?」

「松井旅館のな」

「ここの風呂は格別だぞ。きれいだし、景色がすごい。冬に来てみるといいよ。風呂の中に波が飛びこんできそうな気がする」

「冬の海は、反吐が出るほど見てるよ。いや、実際、反吐まみれになった。俺がはじめて経験した本格的な時化が、冬のベーリング海だったんだ」

「船と風呂はちがうさ」

安井が立ちあがった。私は窓を閉めた。

「いつ、出してくれる？」

「君は坂口の友だちだろう」

「だから、頼んでるのさ。俺にできるのは、あいつを出すことだけだ」

「坂口がなにをやっても構わん、と思ってるのか？　そう思う理由はなんだ？」

「あいつは、人を刺すような男じゃない。八日だって、そのままなにもせずに帰ったかもしれんのだぜ」

「そりゃ、ないな。坂口がどうしようと、刃物を握ったんだ。どんな細工だってできるさ。だから俺も、ひとりじゃいかなかった。駐在の巡査を連れていったんだ」

「出てきたら、俺が一緒にいる」

「君はもっと危険だ。なにしろ、高畠とまともにやり合ったりする男だからな」

「借用証が消えちまえば、借金なんてなかった、そういうことにならんかね」

「借金は借金だぜ、先生。警官だって借金をすることはある。それが悪いってんなら、警官の半分は辞めなくちゃならねえよ」

「最初に会った時が、あんたは一番感じが悪かったな。いまだって、一発ぶちかましてやりたい気はするがね、だいぶましになった」

安井が出て行った。

私は、窓際の椅子でしばらく海を眺めていた。佐野が次の間から声をかけ、盆を持って入ってきた。

「女将さんが持って行くようにって言われたもんで。安井さんがお帰りになるのを待ってました」

粥だった。白身の魚の煮つけが添えてある。食欲はなかった。しかし、少々無理をしても食うのが一番いい。病院では大抵手っ取り早く点滴を使うが、患者がほんとうに体力を回復するのは、自分の口で食物を摂りはじめた時だった。

「女将さんは？」

「家の方へ。めずらしいんですがね、ずっと出てこられません」

覚悟はしている、と言っていた。しかし、直接聞かされると、やはりショックはあるだろう。それを言う役割が、なぜ私のような医者に回ってきたのか。

「君は、米子の旅館の倅だと言ってたな。ここに何年いる気だね？」

「五年、と親父には言われてます。もっとも、親父が最近弱ってきてますんでね」

「ここの番頭は？」

「先代からの浅野(あさの)という者です。六十になりますが、お客様の扱いはそりゃ立派なもんです。板前も、先代からの者ですよ。ぼくは、魚の見分け方や、庖丁(ほうちょう)の研ぎ方を習ってます」

「庖丁の研ぎ方か」

「使い方は、まだ教えて貰えないんですよ」

佐野が笑った。私は座椅子に凭(もた)れ、粥を口に運んだ。うまいとは思わない。だが、口にするのが苦痛でもなかった。

「なにがあっても、君はこの旅館にいるか？」

「あと三年は、そのつもりです。親父になにかありゃ別ですが」

雨が降りはじめたようだった。窓ガラスに、小さな水滴がまばらについている。

19　爆　弾

四時間ほど、眠った。

深く眠ったようだ。頭はすっきりしている。痛みだけは相変らずだった。

坂口の上着、シャツ、ズボン。靴下まで、新しいのが置いてあった。

外の雨は激しくなっている。窓にすごい勢いで水が流れていた。風向きが変わったようだ。佐野の車の鍵(キー)をポケットに放りこみ、私は部屋を出た。

ロビーに、竜太がいた。私を見て腰をあげ、ちょっと笑みを投げてくる。

「とうとう、泊めて貰うことになったよ」

「雨になりそうだったんで、ずっと心配してました」

ロビーからは、本館の玄関が見通せた。マイクロバスが走り去ったところで、客を迎えている照子の姿が見えた。地味な着物。髪もアップにしている。やはり、和服の方が似合うような気がした。

ソファに、黒革の鞄(かばん)が置いてある。私はそのそばに腰を降ろした。女性の客が三人、窓際の椅子で荒れた海を眺めている。ほかに客はいなかった。

「持ち歩くつもりか？」

竜太が私を見つめた。

「部屋に置いてこい。ふだんの通りにしてるんだ。大事なものが入ってると、わざわざ教えてるようなもんだぜ」

「父は、いつ出てくるんですか？」

「慌てるなよ。ここまで待ったんじゃないか」

竜太が、黙って鞄に手を伸ばした。靴を履き、雨の中を突っ切って本館の中へ駆けこんでいく。本館の玄関の戸は、新しいものに替えられていた。見たかぎり、火事の跡はどこにも残っていない。

傘をさした照子が出てきた。私は煙草をくわえた。

「竜太、ずっと待ってましたのよ。お怪我のことが心配だったらしくて」

「気づいてるのかな、親父のこと」

「変わった、とは思ってるみたいですわ」

照子は、私とむき合って腰を降ろした。手には新しい繃帯をしている。

「美保署の安井さんが、さっきいらっしゃいましたわ。新藤さんに会いにです」

「なぜ、部屋に来なかったんだろう?」

「覗かれたそうです。よくおやすみだったんでしょう。起きてこられたら、伝言するようにと申しつかってますわ。駐在所にいらっしゃるそうです」

「会いに来いってことかな?」

照子が頷いた。竜太の仕草と似ていた。竜太が頷いた時は、照子に似ていると思ったものだ。

「駐在所は、バス・ターミナルのところです。でも、ひどい雨ですわね」

「こんな日でも、客は来るんだな」

「そりゃ、もう。大変ですのよ、旅館の中で愉しく過ごしていただかなくちゃなりませんから」

「今日、組合の集まりだったんじゃありませんか？」

「延期になりました。朝の騒動で」

「出るつもりだったんですか？」

「主人が出られなければ、私が出るしかありませんわ」

「針の筵（むしろ）でしょう」

「さあ」

照子がちょっと首を傾（かし）げた。二十七、八、どう見てもそう思える。

「安井を知ってるんですか？」

「少しは。主人はもっとよく存じあげてると思いますわ」

「坂口に手錠をかけたのは、安井ですよ」

「仕方がないことでしょう。たまたま安井さんだったと思うことにしてます。差し入れは自由にさせてくださるの。面会は駄目ですけど」

「俺の時は、レモン二つの差し入れでもつべこべ言いやがった」

照子は、気になるのか時々本館の方に眼をやった。新しい客は到着していない。

「安井に家族はいるのかな？」

「どうしてですか？」

「感じの悪い眼をしてる。ほんとにいやなやつかどうかは、よくわからんが、眼だけはどうにも好きになれん。陰気なんですよ。家族にも、あんな眼をむけてるのかと思いましてね」

「お嬢さんが」

照子はちょっと言い淀んだ。私は煙草を消した。

「鳥取の大学病院にいらっしゃるんですよ。なんだか、筋肉の難しい病気で。奥さんは亡くなってます」

「娘ってのは、いくつなんです？」

「五歳か六歳のはずですわ。入院されて、もう一年半にもなるかしら。主人は、鳥取へ出た時にお見舞いに行ってるみたいですわ」

「狭い街なんだな。いや、東京に人が多過ぎるのかな」

私はちょっと笑った。

「秘密ってやつが通用せん」

高畠の手帳にあった、鳥取の病院のことを思い出した。私は腰をあげた。

「傘を借りますよ。それから、この服も」

靴下を脱ぎ、並べてある下駄を履いた。

受話器を握ったまま、安井は私を見あげた。巡査の姿はなかった。私は傘の水を切り、折り畳みの椅子(いす)に腰を降ろした。

安井は短い受け答えをしているだけだった。外には、警察車らしい車が一台停まっている。もうちょっと様子を見ます、そう言って安井は受話器を置いた。

「借金があったのを、思い出したらしいな」

「なんの話だ？」

「どうしても、新聞記事になりたいのかね。病院で娘が泣くぜ」

安井の眼に、かすかに翳(かげ)のようなものが走った。一瞬だった。すぐに、あのいやな眼に戻った。

「江原が、奥田と秘(ひそ)かに会った」

「それがどうかしたのか？」

「今朝、いがみ合ってた二人がだ。それも、江原の方から申し入れた気配なんだ」

「俺には関係ないね」

「あるかもしれん。いや、あるはずだ」

安井が煙草をくわえる。駐在所の奥は巡査の住居になっているらしく、ドアを開けて中年の女が顔を出した。

「お茶はいらんよ」

ふりかえりもせずに、安井が言った。

「江原は、高畠を襲って事務所を荒らしたのは奥田だ、と思ってるようだ。高畠はなにも言わん。家で寝ていて、誰がきても口を利かんそうだ」

「なにが言いたいんだ、旦那？」

「君がその顔を晒して歩いてると、いずれ高畠の怪我と結びつくだろうな」

「そうすると、今度は江原が俺に面会を申し入れてくるとでも言うのかね」

「多分」

「もっかのところ、あいつと密談をやる気はないね。俺の密談の相手は、旦那にしたい」

「君はなにかを持っている。それは、江原の立場を悪くするものだ」

「自分の立場は考えんのかね？」

「江原は、下山に内緒で奥田と会ったんだぞ」

私は灰皿を引き寄せ、安井が置いた煙草を揉み消した。

「下山は、神戸から戻ってんじゃないのか？」

「いや、米子のホテルにいる。今朝の騒ぎを聞きつけて、避難でもしてる気なんだろう。組合の集会も延期すると、そこから連絡してきた」

「頭がいいのかな、臆病なのかな。大将がいなけりゃ喧嘩にならん」

安井の腕が、いきなり伸びてきた。私の胸ぐらを摑(つか)む。肋骨(ろっこつ)に激痛が走ったが、私は黙っていた。体格の割りに、安井は力が強かった。

「なにを持ってる、え、なにを持ってるんだ、新藤？」

「誰のために訊(き)いてる？」

「なにっ」

「自分のためか？　それとも下山のためか？」

「どこまでたわけた男だ、君は」

安井が手を放した。私は、左胸の下から三番目の肋骨を指さきで押さえた。

「俺を甘く見るなよ、藪(やぶ)医者」

「この雨ん中を呼び出して、用事はそれだけかね」

「今度会う時は、手錠(ワッパ)だ。覚悟しとけ」

「旦那が手錠を持ってりゃの話だな、そいつは」

私は傘を開いた。

バス・ターミナルから五十メートルも歩かないところだった。路地から晴子が出てくるのが見えた。私の前を歩いていく。ブルージーンにヒールの高いサンダル、赤いセーター。髪はポニーテイルだ。

「おい」

晴子がふりむいた。赤い傘がくるりと回り、水を飛び散らせた。水滴などというものではない。

「びっくりした」

「どこへ行くんだい？」

「姉さんとこよ」

「じゃ、俺と一緒だ」

「え、『潮鳴荘』に泊まってるの？」

「君のアパートは？」

「そこよ、すぐそこ」

「熱いお茶が飲みたい」

晴子が頷いた。私は晴子の後ろに続いた。

「二度、びっくりしたわ」

小さなアパートだった。上下で六室。宮坂のアパートよりはずっとましだ。入ったところはキッチンで、部屋との境には貝殻で作った暖簾がかけてある。通る時、肩に触れてカラカラと音をたてた。

「ビールにする？　お酒もあってよ」

部屋の半分を、赤いベッドカバーのかかったベッドが占領していた。

「お茶にしてくれ」

晴子が笑った。

「最初ね、義兄さんかと思った」

「坂口の服を借りたんでね。二度目は？」

「その顔。どうしたの、一体？」

「夜道で転んだのさ」

縫いぐるみがあった。考えれば、晴子は女子大生であってもおかしくない年齢だ。部屋がどこかなまめいて感じられるのは、壁にかけた二枚の着物のせいか。

私は畳に坐らず、ベッドに横たわった。かすかに、オー・デ・コロンの匂いがたちのぼってくる。

「ほんとに、お茶でいいのね」

私は眼を閉じた。キッチンの方から、湯の沸く音が聞えてきた。

「風呂はないのか、この部屋にゃ？」

「共同浴場があるの、無料のね。街の人は、みんなそこに入りに来るわ」

「みんなってこたあないだろう」

「そうね。あたしみたいに、お風呂のない部屋で暮してる人よ」

茶が運ばれてきた。私はベッドから降りた。大きな動きをすると、やはり胸に痛みが走る。

「君の姉さんは、結婚する前は一緒に暮してたのか？」

「そうよ、ずっと一緒。もっと大きな部屋だったけど」

「坂口とは、どこで逢ったんだ？」

「さあね」

私は茶を啜った。熱過ぎて、舌が痺れたようになった。

「姉さん、よく泊めてくれたものね。おまけに義兄さんの服まで貸して」

「怪我人に同情してくれたんだろう」

「どうせなら、はじめっから泊めればいいのに」

私はお茶に息を吹きかけた。途中で、熱くて持っていられなくなった。

「俺は、下山観光をぶっ潰してやるぞ」

「どうやって？」

「爆弾を一発持ってる」

「爆弾？」

「そいつが爆発すりゃ、この街もいくらかはきれいになるだろう」

晴子と並んで、ベッドに寄りかかった。

「いつ、爆発させる気？」

「いますぐにでも。避難してた方がいいぜ。毒ガスをばら撒きそうな爆弾だ」

風雨はいっこうに鎮まる気配がない。むしろひどくなっていく。車で来ればよかった、と私は思った。

20 帳簿

耳もとで音がした。

眼を開いた。懐中電灯の光が、まともに顔を照らした。腕で光を遮る。

「起きな」

私は言われた通りにした。耳もとでした音がなんであるか、わかったからだ。

二人いた。懐中電灯のむこう側にいるので、服の色さえも見えなかった。

「どこにある？」

「なにが？」

「とぼけるなよ。夜中に、わざわざ遊びにきたわけじゃねえんだ」

「言ってくれなきゃ、出しようもないだろう」

鼻さきに、銃口を突きつけられた。撃鉄は起きている。

「欲しいものがあるなら、探せよ。といっても、俺にゃ服しかないがね」

「立ちな」

銀色のリボルバーを握っているのは、黒いキッドの手袋をした手だった。私は立った。乱れた浴衣の前を合わせ、帯を締め直した。

「やけに落ち着いてるじゃないか。こいつはおもちゃじゃないぜ」

「騒いだら、ひっこめてくれるのか?」

「出すものを出すんだよ」

ひとりが、蒲団をめくった。丁寧に、敷蒲団やマットレスの下まで調べた。

「どこに置いてある?」

「煙草を喫いたいんだがな」

「いいとも。ただし、地獄でだ」

「なにを探してるのか、言ってくれ」

「おまえが、事務所から持ち出したもんさ」

喋っているのは、ひとりだけだった。もうひとりは、拳銃も持っていないようだ。

「待てねえよ、これ以上」

キッドの人差指が、引金にかかった。本物かどうか、見分けはついた。外国に行くと、銃器をいじってみたくなる。そんな時期が、私にもあった。

「車の中だ」

「案内してくれるよな」

「何時だね、いま？」

「なぜ、そんなことを訊く？」

「廊下で、客と会っちまったら困るだろう」

「心配するな。二時を回ってるよ」

私は、ズボンのポケットから鍵(キー)を出した。

「服は？」

「その恰好(かっこう)でいい。あまり手間かけさせるな」

部屋を出た。廊下には明りがあった。二人とも、同じような上着を着ていた。ひとりは三十そこそこ、もうひとりは四十を越えていそうだ。懐中電灯とリボルバーを握っているのは、若い方だった。

「車は、どこだ？」

「旅館の駐車場さ」

「なんで、車なんかに置いとく？」

「盲点だし、いざって場合、乗ってすぐに逃げりゃいい」

雨はあがっていた。風はまだ吹いている。下駄を履いた。二人の靴は黒で、紐(ひも)なしの似たようなかたちだった。駐車場は、本館の脇(わき)にある。乗用車が八台、ワゴンが二台、それにマイクロバス。佐野の白いスカイラインは、駐車場の一番奥にあった。

「待ちな」

鍵を差すと、若い方が言った。

「鍵は預かっとこう」

ドアを開けた。ルーム・ランプをつけ、シートを前に倒した。

「どこに隠してる？」

「バックシートの下だ」

私は車の中に上体を突っこんだ。木刀。それを握り、シートのクッションを持ちあげた。しばらくごそごそやった。それからふりむき、上体を半分出した。

「ない。なくなってる」

「なんだとっ」

木刀を引いた。そのまま、柄のさきでひとりの鳩尾（みぞおち）をついた。籠（こも）ったような呻（うめ）き。その時はもう、木刀を振り降ろし、若い男の右腕を打っていた。拳銃が飛んだ。コンクリートの上で、高い音をたてた。踏みこもうとした足を止め、私は反対に走った。もうひとりの男の動きが、思いのほか速かった。飛んだ拳銃に飛びつこうとしている姿を、眼の端で捉（とら）えたのだ。拳銃を拾いあげる前に、打ち倒せたかもしれない。しかし、胸に激痛が走っていた。

銃声は追ってこなかった。走れるだけ走ると、私は路地に飛びこんだ。しばらく待った。黒い車が、突っ走っていった。私は通りに出た。路面が濡(ぬ)れていることに、はじめて気づいた。裸足(はだし)だった。

白いスカイラインのそばに立った。落ちていた鍵(キー)を拾い、ルーム・ランプを消してドアを閉めた。若い方の腕は、多分折れているだろう。手応えがそうだった。とすると、今夜はもうやってこない。木刀を杖(つえ)代りにして道を横切り、新館の玄関に入った。胸が痛い。額には冷や汗が浮いていた。多分、痛みのせいだ。

どんよりと曇った朝だった。

私は結局眠ることができず、木刀を抱いて椅子に腰を降ろしていた。拳銃を突きつけられた経験は、前にもあった。シアトルでだ。二十ドル。それで黒い肌の強盗は真白な歯を見せて拳銃をひっこめた。背中に汗が流れていた。

今度の客は、二十ドルでは拳銃をひっこめてはくれなかっただろう。日本で拳銃を手に入れるのは、アメリカでは考えられないほど大変なことにちがいない。投資に見合うだけのものを、私は持っていたのだ。それが、安井の借用証だとは思えなかった。帳簿の方だ。簿記に関する知識のない私には、あの帳簿がなにを意味するものかはわからない。しかし、日本で拳銃を突きつけられるだけの価値のあるものだということは、これではっきりした。

最初に部屋に入ってきたのは、竜太だった。

「朝ごはん、ここで食べてもいいですか？」

「ここで食え、と言われたのか？」

「食べたい、とぼくが言いました」

「親父を、待ちきれなくなったんだな」

竜太は鞄を抱えていた。

「おじさんは、ほんとに父を留置場から出してくれるんですか？」

「ほう、切り口上だな。俺が信じられんのか？」

「わかりません。信じてもいいような気はしています」

私は煙草に火をつけた。晴子にジッポを返すのを、また忘れていた。

「おまえがなにを持ってるか、教えとこう」

頷いて、竜太が私の前に腰を降ろした。

「安井という刑事が、下山観光から借金をしてる。その借用証だ。おまえの親父を出さんと頑張ってる刑事さ。俺は安井と話してみたが、借金のことで動揺はしなかった。刑事が借金したって、別に罪になるわけじゃない。その借金のために、下山観光になにか特別なことをした、刑事として特別なことをした、それが証明できなきゃ、どうしようもない。おまえの親父を留置したままというのがそうとも言えるが、証明するにゃ時間がかかる。わかるか？」

竜太が頷いた。頷く時の仕草は、やはり照子に似ていた。

「だから、安井との駈け引きになる。自分の身が危ないと思ったら、安井はこっちの言うことを聞くだろう」

煙草を消した。竜太は、私の抱いている木刀を見ていた。

「もうひとつ、おまえは帳簿を持ってる」

佐野が、朝の茶を運んできた。私は、さりげなく木刀の握り方を話した。朝で忙しい時間なのか、茶を淹れると佐野はすぐ出ていった。

「夜中に、その帳簿を奪りにきたやつらがいる。無論、力ずくさ。だから俺は木刀を持ってる。借用証より、帳簿の方が、おまえの親父を出す決め手になるかもしれん」

「なんの帳簿なんですか？」

「俺にもわからん。ただ、夜中に忍びこんででも奪ろうとする連中がいる。こいつは確かだ。おまえに預けといてよかったよ」

竜太が、ちょっと笑った。

「もうしばらく、預かってくれ。みんな俺が持ってると思ってるだろう。だから、おまえが持ってた方がいい」

「わかりました」

私は茶に手を伸ばした。窓から見る海は、冬のもののように重い灰色に見えた。風に乗って、鳥が舞っている。荒れた海面でも、五、六羽が揺られて見え隠れしている。

「亡くなったお母さんを、思い出すことはあるか？」

竜太が私を見た。敦子の眼で見つめてきた。私はたじろいだ。また海に眼をやった。

アメリカから帰国して、私は年齢相応に何度か恋をした。病院の検査技師、看護婦、学生。三人とも、遊んで捨てた、という恰好になった。私にそういう気はなくても、相手は多分そう思っただろう。水田陽子を死なせてから、私は酒場の女だけを選ぶようになった。恋ではなく、情事だった。はじめから、そういうつもりで抱いた。酒場の、それもいくらか薹(とう)の立った女を選んだのは、私にも容易に見つけ出せる傷を持っていたからだ。その傷が、私の気持を和ませた。

竜太が時計に眼をやった。

私は、椅子に腰を降ろしたまま木刀を構え、竜太に突きつけた。じっと睨(にら)み合う。竜太がすぐに眼を伏せた。

「眼を見るってのは、ただ睨み合うことじゃない。面(めん)を被(かぶ)ってる時だってそうだ。相手を見ると、負ける」

「なにを、見るんですか？」

「わからんよ、俺にも」

私が最初に竹刀の握り方を教えられた時、そう言われた。いまだに、わからなかった。

ただ、眼を合わせた時も、自分を見つめるような気持でいただけだ。

「竹刀は、三尺八寸を使った方がいいかもしれんな。おまえは背が高い。もっとも、おまえの先生の許しがあればだが」

「先生にも、そうしろと言われました。だけど学校の剣道部の友だちが、みんな三尺六寸だから」

「短けりゃ扱いやすい。相手の手もとに飛びこむのも楽だしな」

照子が、自分で朝食を運んできた。最初に考えたほど、母子の関係はまずくないようだ。むしろ、うまくいっているように見える。

食欲は戻っていた。

奥田が訪ねてきたのは、竜太が出ていってすぐだった。

佐野が部屋に案内してきた。

「おう、『潮鳴荘』で一番いい部屋に泊まってんのか。ここは、うちの工務店で造ってやったんだ」

奥田は上座に腰を降ろし、部屋をぐるりと見回した。

「いい使い方をしてるな。海のそばだ。気を抜くとすぐにどこか傷むもんだ」

「あんたの息子は、大工じゃなかったのか。工務店の社長とはね」

「大工みてえなもんさ。社長は俺だ。ただな、建築士の資格が俺にゃねえ。だから、肩書だけ伜(せがれ)が社長ってわけよ」

「用事は？」

佐野が茶を運んできた。奥田は佐野にちょっと眼をくれ、テーブルの上の私の煙草に手を伸ばした。

「俺がここだって、よくわかったな」

「そりゃ、おまえ、もうみんな知ってるよ。泊まるとこがなくてうろついてたおまえが、まだこの街にいたってことになりゃな」

奥田は、手で佐野を追い払うような仕草をした。頭を下げて佐野が出ていく。ドアはちゃんと閉めとけよ、佐野の背中に声を浴びせた。

「やっぱり怪我してるな、おまえ。高畠をぶちのめすたあ、見あげたもんだぜ」

「高畠は、あんたんとこでやったたって話じゃないか」

「江原は、そう思ってる」

私は茶を口に運んだ。廊下を笑い声が通り過ぎていった。そろそろ客が出発(た)ちはじめる時間だろう。

「ここの女将(おかみ)はどういうつもりなんだ。隆一があんなだってのに、平気で商売やってやがる」

「坂口は、商売を休んで欲しいと考えちゃいないだろう」

「俺が来た時、笑っていらっしゃいませって言いやがった」

奥田が煙草を消した。私は座椅子に背を凭(もた)せた。

「隆一も大志も、ガキの時分から知ってる。ちょうどな、隆一がここの倅くらいの時だったよ。大志とうちの坊主が、沖の島へ連れ出しやがった。泳いでだ。大志もうちの坊主も、高校三年だった」

「坂口は、カッパみたいなやつだったぜ」

「だけどよ、沖の島だぜ。ここからじゃ見えねえが、前の道を一キロばかり行くと、きれいな浜があるんだ。夏だって、泳いでるやつはいやしねえ。そっから泳いでいきやがったのよ。ところが、島から帰れなくなっちまいやがった。隆一じゃねえ、大志がびびったんよ」

「そんな話、あんたの用事にどんな関係があるんだね？」

「隆一とうちの坊主が戻ってきた。それから俺が舟を出して、大騒ぎよ。島で、大志は三つ四つのガキみてえに泣いてやがってな」

「世間話に来たのかね、奥田さん」

「いまの大志がな、島で泣いてやがった時とそっくりだ。いや、あんなふうにしてやれる」

「倅の同級生だろう。なんでそんなに苛めなきゃなんない？」

「あそこのホテルの建設のことで、いろいろあってな。うちは大損害受けた」

「だからいがみ合ってるって話は、聞いたよ」

「大志は、下山建設ってのを作ろうとしてやがる。美保町にだぞ。うちだけでも仕事が足りねえってのに」

電話が鳴った。私は立ちあがって受話器を取った。佐野だった。安井が訪ねてきているという。

「待たせといてくれ」

奥田が咳払いをした。私は受話器を置き、窓際の椅子に坐った。

「おまえは、いま持ってるもんを、ひとりで使えると思ってんのか」

奥田を見た。光った頭、一本だけ唇の間から覗いている前歯、横に張り出した耳。しかし二十日鼠ではない。狸だ。

「スマートボール、どうするんだね？」

「やめた。台がもう見つからねえだろうからな。今度はパチンコ屋だ。古い機械なら、むこうで金付けて送ってくれるよ。取り付けはうちの大工にでもやらせりゃいい」

「いい場所じゃないか。新しい機械入れりゃ、客も入るんじゃないのか？」

「俺ゃな、あの土地を殺してやるのよ。両隣りが、大志んとこの土地だ」

「あんたのとこもだろう」

「俺ゃ、借地権を持ってる」

襖(ふすま)が開いた。安井が入ってきた。安井と奥田が、一瞬睨み合う。奥田の方がさきに眼をそらし、卑屈なお辞儀をした。安井は無視している。

「話がある」

「客がいるのが見えんのかね。失敬な男だ」

「奥田、帰れ。ちょろちょろせずに、女のとこにでも行ってろ」

「めずらしいな。旦那がそんな口利くなんて」

「帰るのか帰らんのか。帰らんのなら、耳引っ張って放り出すぞ」

私は笑った。誰でも、眼をつけるところは同じだ。

「いまの話、考えといてくれや。隆一のこともあるからな」

「坂口がどうしただと？」

「こっちの話だよ、旦那。隆一は、俺がガキのころから可愛がってた男だ」

奥田が腰をあげた。行きがけに、私の煙草を一本くわえて火をつけた。

安井が、私の前の椅子に腰を降ろした。きのうも、こうやってむかい合っていた。この男は、借用証のことを気にして、私にまとわりつくのか。それとも、あの帳簿を欲しがっているのか。

「今度会う時は、手錠じゃなかったのかね？」

「冗談を言ってる場合じゃない」

「俺は本気にしてたよ」

「下山が、帰ってきてる」

「いつ？」

「わからん。きのうの夜は米子にいたはずだ。今朝になったら、ホテルの社長室にいたよ」

昨夜の二人組を、私は思い浮かべた。この街のチンピラとは、ちょっと質がちがっていたような気がする。キッドの手袋に拳銃だ。

「下山を逮捕るチャンスかもしれん」

「なんだって？」

「今日、地検の特捜部からひとり来る。下山に眼をつけてる検事さ。俺はこの三年間、ずっと下山観光を洗い続けてたんだ」

「ミイラ取りがミイラになってたんだろう」

「下山の尻尾を摑むのは、簡単じゃなかった」

「いろんな材料があるぜ、この街のことだけをとったってな」

「ところが、江原にまでしか手繰(たぐ)れん。実務の責任者は、江原なんだ」

「地検から検事が来るほど、下山ってのは大物か。たかが温泉街のボスじゃないか」

「君の知らんことが、沢山ある」

海に眼をやった。空を映しているのか、どんよりした海だ。脇腹(わきばら)から背中にかけて、痒(かゆ)くなった。肋骨を固定するために巻いた絆創膏(ばんそうこう)で、皮膚がかぶれるにはまだちょっと早い。それでも、絆創膏の下だけが痒いような気がする。

「坂口を、出してくれ」

「下山を逮捕(あげ)たら、いつでも出そう」

「坂口がさきだ」

「頑固な男だな」

「あんたもだぜ、旦那」

安井がショート・ホープをくわえた。黒漆(くろうるし)のライター。厚顔な男だ。それとも、これがポーズなのか。

「美保温泉の二十キロばかりさきに、小さな入江がある。二年前、下山観光はかなり無理をして、入江の周辺の土地を買い占めた」

「よくある話だな。そこに工場とか原子力発電所とかができるっていうんだろう」

「それについちゃ、なにも知らん。俺たちの管轄外でね。ただ、土地買い占めの一年ぐらい前から、下山観光はここでなりふり構わず商売するようになった。だんだんひどくなって、いまも続いてる」

「俺となんの関係がある」

「君が持ってるものが、土地買い占めと直接関係あるとは思えん。しかし、江原の動きが尋常ではなかった。江原ってのは野心家でな、万事大雑把（おおざっぱ）な下山の足を掬（すく）うことは充分考えられる。そのための準備はしていただろう」

「関心ないな。誰がどうなろうと、俺の知ったことじゃない」

「令状を執行しても、手に入れるぞ」

「なにを？　なんに対して令状を執行する気だ？　構わんぜ、令状なんていらん。好きなだけ探してみろ」

安井が、煙草をくわえたまま何度も煙を吐き出した。フィルターの根もとまで、すぐ灰になった。

灰皿で揉み消された吸殻のフィルターには、深い嚙（か）み跡がついていた。

21　死んだ女

応接室で、三十分ばかり待たされた。

美保署の署長は、五十年配の肥った男だった。腹が出ると、制服は似合わなくなる。

「いきなり来たって、会うことはできんよ、本来なら」

私の顔をしげしげと見つめる。

「喧嘩かね。その訴えなら、係の刑事がいる」

「転んだ傷ですよ」

「警官汚職の話というのは、ほんとかね？」

「わかりません」

「わからん？　そういう理由で、私に会いたいと申し入れてきたんじゃないか」

「坂口隆一の釈放が遅れてることが、汚職に繋がってるかもしれん、ということです」

「坂口？　あの男は、十日間の勾留延長が認められている。殺人未遂だからな。もう所轄の問題じゃない。検事がやってることだ」

「形式上は、でしょう？」

「どういう意味だね？」

「取調べは、安井という刑事がしてるはずです」

「確かに安井が担当しておるが、地検の検事に指揮されてのことだ」

「安井が、もし別の目的で勾留を引き延ばしているとしたら？」

「どういう意味かは知らんが、美保署には関係ないな。すべて、勾留請求をした検察官に最終責任がある。うちでは留置場を貸しているだけだ」

「そういうことですか」

ここで安井の借用証のことを持ち出してみても、ただ安井を陥れるだけということになりそうだった。坂口の釈放については、検事に権限がある。

「担当の検事は、今日来るんじゃありませんか？」

「よく知ってるな。どこで聞いた？」

「そんな気がしただけですよ」

署長が横をむいた。検事と安井に特別な関係があるのなら、やはり安井がその気にならないかぎり、坂口の釈放は無理ということか。そして安井は、あの帳簿を欲しがっている。それで下山を逮捕できたら、坂口を釈放すると言った。

坂口が出てきた時、下山は留置場ということになる。

私は立ちあがった。署長は横をむいたままだった。

海沿いの道まで車を転がしてきて、私は車を停めた。付きまとってくる車がいる。なにしろ、美保署の前からずっと付いてきて、私が小用を足した時も停まって待っていたのだ。偶然にしてはおかし過ぎるが、尾行とも思えなかった。

私は、木刀を杖代りにして車を降りた。

後ろの車はすぐそばまで来て停まった。大柄な男が降りてきて、私にほほえみかける。誰なのか、訊くまでもなかった。髪は黒々としているが、奥田とそっくりの耳を持っていた。

「親父から電話があってね。あんたを待ってたんだが、警察に入っていくもんだから」

男は、自己紹介すらしなかった。

「俺とやろうって気か？」

「とんでもない。あの高畠をぶちのめしたんだってね、あんた」

「人違いじゃないのか」

負けたのだ。勝者として扱われるのは、いい加減うんざりだった。

「親父が話したと思うんだけどよ、こっちはなにもただくれって言ってんじゃない。親父にゃ内緒だが、ひと束くらいなら払ってもいいんだ」

「なにをだね？」

「おい、とぼけんのはよそうぜ。江原が蒼(あお)くなって帳簿返せって言ってきたんだ」

私は男に木刀を突きつけた。男が後退りする。車のところまで、男が退った。

「乗れよ。そしてUターンだ」

「おい、江原に売りつけようったって無理だぜ。もう事務所にいねえとよ。逃げやがったのさ。下山が帰ってきたんでな」

「乗れ」

「下山は金を払わねえぞ」

男の胸を、木刀で突いた。男が、ボンネットに尻をぶっつける。それから、二十日鼠のような仕草で車に乗った。息子の方は、ほんとの二十日鼠だ。

街の入口で、安井の車が待っていた。安井は車に寄りかかり、レッカー車でも待つよううに私を待っていた。

「故障かね？」

「帰るんだろう、『潮鳴荘』へ？」

「乗りなよ、旦那。取引をしたい」

「坂口なら出せんぜ」

「なんで、そうこだわるんだ。あいつひとり出そうが出すまいが、あんたの点数に大して影響があるわけじゃあるまい」

「理由は、二つある。ひとつは、俺が坂口を好きだからだ。もうひとつは、俺の三年間の仕事を、坂口が駄目にする。必ず、駄目にするよ」

「出したらすぐ、下山を殺すというんだな。やってみなきゃわからんぜ。下山を殺す前に、下山に殺されるかもしれん。とすると、あんたは下山に手錠を打てる」

「下山は馬鹿じゃない。殺せなかったら、坂口は犬死にするだけさ」

「じゃ、折り合えんな」

車を出そうとした。安井の手が、開いた窓から入ってきて私の肩を摑んだ。

「下山が、『潮鳴荘』で待ってるぞ」

車を出した。飛ばしていた。
四十二、三のはずだが、まだ三十代のように若々しく見える男だった。新館のロビーの真中の椅子に、ひとりで悠々と坐っていた。こわもてのお供をぞろりと連れているタイプを想像していた私は、ちょっと拍子抜けした。江原は中小企業の経営者という感じだったが、この男は、大会社の営業部長という肩書の名刺を持っていてもおかしくなかった。
隙のない眼をしている。

杖代りの木刀を大袈裟についていて、私は下山とむき合った。

「どうしてこうなったか、考えてみた」

　前置きもなく、下山が言った。ロビーに、人影はなかった。私はちょっと相手をそらすように、木刀を横に置き、煙草をくわえてジッポで火をつけた。煙草とジッポは、そのままテーブルに置いた。

「君が、この街に来たからだ」

「それは間違いない」

「帰れ、と言っても帰らんだろうね」

「あんた、俺が怕くないのか？」

「怕い？　なぜだね？」

「坂口の前の女房は、なんで死んだんだね？」

「さあ、四年も前のことじゃないのか。憶えてないね」

「あんたは、坂口の恨みを買ってるだけじゃない」

「どういうことだ？」

「俺も、彼女を好きだった」

　下山の濃い眉が、ちょっと動いた。

「俺は木刀を持ってる。杖代りだが、杖がなくったって、突っ走ることもできる」

「はっきり言ったらどうだ」

　声が、かすかにふるえを帯びていた。

「こいつを頭に打ちこめば、脳ミソが飛び出すぜ。夜中に俺に拳銃なんか突きつけて、腕を叩き折られたやつもいる」

「脅すのか？　私はここに、話し合いに来ているんだぞ」

私は木刀を執った。正面から、下山の額に打ちこむ。ひいっ、と下山が声をあげた。

「風に打たれて悲鳴をあげるのか。大物ぶるのは、もうやめにしろ」

私は腰をあげた。上目遣いに、下山が私を見る。

「おまえの汚れた足で、この旅館の敷居は二度と跨ぐな。俺は坂口とはちがう。その気になったら、ほんとにやるぜ」

「ただでは済まんぞ、こんな真似をして」

「そういう脅し文句を並べてるのが、おまえにお似合いだ。なにも考えるこたあない。俺と坂口を殺せばいいんだよ。それで、全部片が付く」

「なぜ、私が君らを？」

「でなけりゃ、おまえが殺されるからさ。俺は遊んでるんじゃない。このゴタゴタで儲けようという気もない。おまえを殺す。頭にあるのはそれだけさ」

「ここで、やったらどうだね」

声がふるえていた。はっきりと、ふるえていた。下山を見つめた。下山の眼からは、落ち着きが消えていた。

「俺を、その気にさせたな」

私は木刀を構えた。一瞬、頭の中が空白になった。じりっ、と一歩踏み出した。もう、下山を見てはいなかった。鳥のような悲鳴があがった。椅子から落ちた下山が、口を開けてふるえていた。

「よせ、新藤」

背中を声が打った。ロビーを突っ切り、窓際に立った。灰皿で、短くなった煙草が煙をあげている。揉み消した。私は木刀を降ろした。下山の姿はもうなかった。海はいくらか静かになっていた。

「思い切ったことをするもんだな」

安井が私のそばに立った。

「俺も逮捕するかね、旦那？」

「これ以上の面倒はごめんだ」

「人を殺すってのは、いやなもんだ」

「殺したことがあるみたいに聞えるぜ」

安井を見て、私は笑った。

照子が入ってくるのが見えた。

「寝袋を、貸して貰えるかな。俺はここを出た方がよさそうだ」

「あれは、主人が竜太とキャンプする時に使うものですわ」

「じゃ、このまま出ていくか。服は貰っときますよ」

「新藤さんは、うちにお泊まりのはずでしょう?」

「いい客じゃありませんよ。ほんとにいやなことが起きるのは、これからだ」

「主人のお友達が東京からいらっしゃってるだけのことでしょう。遠慮なさると、かえっておかしいですわ」

照子は客室の方へ歩いていった。

「泊まるのか?」

照子の後姿を見つめたまま、安井が言った。

「そうするよ。あれだけ勧められたんだ」

「勧められても出ていく、という考えは起きんのかね?」

「狭い街だ。あの女将(おかみ)からは逃げられん」

「坂口と下山の間に昔なにがあったのか、本腰を入れて調べてみるか」

私は安井を見た。安井は笑っていた。笑いながら、拳(こぶし)で私の脇腹を軽く打った。一瞬、私は息をつまらせた。骨折したところを、正確に打ってきたのだ。

「そこまでほじくり出すと、俺はどうなる?」

「刑事じゃなくしてやる」

「どうやって?」

「殺す、免職にする、ほかにも考えりゃなんかあるだろう」

「愉しみに待ってるよ」

「旦那は、やらんよ」

「なぜわかるんだね？」

「坂口を好きだ、と言った」

私は安井の肩に手をかけ、軽く膝(ひざ)を突きあげた。安井の息が、私の頬(ほお)を掠(かす)めた。

「やられたら、やり返せ。そう教えられたんでね」

「親父の顔が見たいな」

「教えたのは、おふくろの方だ。親父は、俺が外で喧嘩をはじめる前に死んだ」

「そりゃ、いいおふくろだ」

私は部屋へ戻ろうとし、煙草を忘れていることに気づいた。

「サングラスをかけなよ、安井さん」

「似合うかな？」

「似合うわけはない。だけど、俺はあんたを好きになるかもしれんぜ」

22　ブレスレット

部屋を動かなかった。

待っていた。なにか起こらないことには、こちらも動けない。検事はもう美保町に到着しているのだろうか。

安井は、あれっきり姿を見せなかった。

昼食を運んできた佐野が、私の前にきちんと正坐した。

「どうしたい？」

「ぼくに、剣道を教えてくれませんか」

「冗談言うなよ。俺が肋骨を折ってることくらい、知ってるだろう」

「怕(こわ)いんです」

「なるほど。しかし、君はよっぽど付け焼刃が好きらしいな」

「下山観光の連中が、近くにたむろしてるんですよ」

「江原や高畠は？」

「見えませんね。だけど、ぼくの知らない連中が四、五人混じってます」

「下山も、ただの温泉街の顔役だな」

食欲は、すっかり戻っていた。飯をうまいと感じる。

「女将さんは、どうしてる？」

「普通です。帳場で、仕事をしてますよ」

照子が、まだ手に繃帯をしていたかどうか、思い出せなかった。多少、興奮していたらしい。

「手の繃帯は、誰が替えてやってる？」

「津村という女子従業員です。昔、付添婦をしてたことがあるんですよ」

「従業員は、何人くらいなんだ？」

「調理場に三人、帳場に二人、番頭とぼくと、あとは客室係が十二人です」

「女将さんも入れて二十人か。番頭さんにゃ、会ったことがないな」

「ボヤの時、お会いになってるはずですよ。新館の係りはぼくですから、本館に行かなきゃふだんは会えません」

「客が来る時間になったら、駐在と安井に頼んで、たむろしてる連中を排除して貰え。客は、来るんだろう？」

「団体が二組」

「フリの客は、悪いが断わって貰うしかないな」

佐野が立ちあがり、床の間に置いた木刀を取った。

「どうやって握りゃいいんですか？」

「そんなに怕いのか？」

「怕いです」

「俺がここにいることが、頭に来てるんじゃないのか？」

「下山さんをあんなふうに追い返して、なにかいいことでもあるんですか？」

「なにも。俺はあいつをぶち殺したかった。それだけだよ」

「そりゃ、ぼくだって腹は立ってますよ。だけど、あの人はひとりで話し合いに来たんでしょう？」

私は箸を置き、窓際の椅子に腰を移した。

「話し合っても、こうなってた。だったら、やつの胆を潰してやった方が、溜飲が下がるってもんだろう」

「話し合う余地はなかった、ということですね」

「そう思っていい。やつの方にはあっても、こっちにはない」

佐野が、私にむかって木刀を振りあげた。躰全体から、気迫が滲み出している。三秒か四秒、睨み合った。佐野が坐りこむ。

「どうすりゃ、あんなふうにできるんです？」

「あんなふうって言うと？」

「本館の方から、見てました」

「下山には肚がない。だから腰を抜かしたんだ。肚がなければないように、頼りになる男のひとりでも連れてくればよかったのさ」

「ぼくが木刀を振りあげたって、下山さんはああはならなかったでしょう？」

佐野は照子を好きなのではないか。一瞬、そう思った。私は、照子の前でいい恰好をしすぎたのかもしれない。

どうでもよかった。照子は、いまのところ坂口の女房だ。そして多分、ずっとさきまで竜太の母親だろう。

「坐りこんでないで、俺に打ちこんでみたらどうだ」

「できませんよ、ぼくには無理だ」

「そう思うから、できんのさ。最初から負けると決めるもんじゃない」

佐野が、木刀を床の間に戻した。

「竜太の先生は、いい先生だぞ」

「男は仕事ができればいい。ぼくはそう思います」

「それが、ほんとの男ってやつかい」

佐野が食器を片付けはじめる。

「そういえば、宮坂が街を出ていきました。松葉杖だったそうです。うちの女の子が、バスに乗るところを見たらしいんですよ」

「ひとりでか？」

「ええ。なかなかバスに乗れなくて、タクシーを使えって、運転手に呶鳴られてたそうです」

　佐野が茶を淹れ、窓際のテーブルに運んできた。

「窓をこれだけ広く取るというのは、坂口の考えだったのかな？」

「あの、亡くなられた前の奥さんが、考えられたようです。前のことは直接知りませんが、ここには風呂があったんだそうですよ。いまでも、大風呂はロビーの下で、海面のすぐそばなんですよ。お客さまに喜んでいただいてます」

「坂口がよく自慢した。荒れた日なんか、波が風呂の中に飛びこんできそうだって言ってたよ」

　茶を口に運んだ。熱くはないし、温くもない。頻繁にポットを取り替えるのは、湯の温度に気を使っているからだろう。

「前の女将も、いい女将だったのかね？」

「新藤さんは、御存知ないんですか。東京の方だったと聞いてますが」

「坂口が結婚した時、俺はアメリカにいた。帰国してからは、毎日のように人の躰を切り刻んでたしな」

「社長が修業していた、ホテルで一緒だったそうですが、ぼくは会ったこともないんです。いまの女将さんが来る前まで、よく番頭さんに話を聞かされただけで」

敦子の、着物姿を想像してみた。うまく思い浮かばない。

「ここは、部屋数はどれくらいだ？」

「新館が三十五、本館が七十です。規模としては、下山観光ホテルの次です。ただし、あそこの本館と別館を合わせたらの話ですが」

佐野が、食器を抱えて出ていった。

なにも起きなかった。いくら待っても、なにも起きそうもなかった。下山は、帳簿のことをどう考えているのか、その帳簿がどういうものであるのか、知っているのか。

椅子に腰を降ろしたまま、私はまどろんだ。躰の痛みが、ずっと軽くなっている。まどろみは、ただ心地よかった。

電話が鳴った。

安井からだった。背後にざわついた気配がある。

「出てこんかね。面白いことがあるぜ」

「どこだ？」

「駐在所さ。こいつは、君に会いたいんじゃないかと思う」

誰だ、と訊いても安井は言わないだろう。私は床の間の木刀を摑んだ。歩いてもよかったが、車を転がした。駐在所の前には、パトカーが二台と安井の覆面車がいた。集まった野次馬を、若い警官が追い立てている。

駐在所の椅子に、高畠と安井がむかい合って腰かけていた。高畠の手首で、手錠が光っている。

「自首してきたんだ」

私を見あげて、安井が言う。高畠はうつむいていた。私と同じような顔だ。ただ右眼の腫(は)れがひかず、左眼の半分くらいに細くなったままだった。そして、胸のあたりが血で汚れていた。

「江原をやったそうだ。裏の山の林さ。現場を確認して、いま本署の警官が保存している。これから行くところなんだがね」

「高畠を連れてかね？」

「ま、早いとこ検証しとくにこしたことはないからな。また雨が来そうだし」

高畠が顔をあげた。眼が合った。ちょっと笑ったように見えた。私も笑い返した。

「やっと、痛みがなくなってきたよ」

「俺は眼が見えんですよ、先生。なんとかなりませんかね？」

「右眼だけだろう？」

「片眼ってのも、不自由なもんです。もっとも、刑務所じゃ車を転がすわけでもないし」

安井が立ちあがった。高畠も立ちあがる。私は上着を脱いで高畠の手にかけた。

「自首してきた者にも、手錠を打つのかね、旦那？」

「人を殺ったんだ。ま、仕方ないだろう」

高畠を真中にして、パトカーの後部座席に乗りこんだ。若い警官が運転した。大袈裟に赤色灯を回す。

十分もかからなかった。山の登り口の雑木林だった。

ロープが張ってあり、鑑識も到着している。安井が、白手袋をして屍体にかけた毛布を持ちあげた。江原はきれいな顔をしていた。傷は鳩尾で、それほど大きくはない。ただ、刺したあと、上に突きあげている。見事なものだった。即死に近かっただろう。

「江原もな、思い上がっていたんだ。いつの間にか、下山を甘く見るようになってた」

屍体に毛布をかけ直しながら安井が言う。高畠は、じっと立っていた。左眼は屍体を見ていなかった。

私は煙草をくわえた。高畠にも一本差し出したが、受け取ろうとしなかった。

「もう、やめました。しばらく口淋しいでしょうがね。最後の一本ってやつは、性に合わないんでさ」

「髭（ひげ）も、落とさなきゃならんな」

「そいつがね、残念といやちょっと残念です」

右手首のブレスレットがなかった。女房に渡したのだろう、なぜかそんな気がした。

訊く気は起きなかった。

「凶器も屍体（ホトケ）も自供通りだ。なにも問題ないな。行くか、高畠」

高畠が頭を下げる。

「誰に言われて殺（や）ったか、喋（しゃべ）るつもりはないんだろうな」

「誰に言われたわけでもありませんのでね」

「わかったよ。馬鹿な男だ。人生を棒に振るために生まれてきたのか」

「半端者（はんぱもん）が、なまじ堅気の仕事に色気出したりしたのが、間違いのもとだったたってことです」

「下山観光の常務が、堅気の仕事かね？」

「最初はね、そう思ってたんですわ」

力なく、高畠が笑った。

「喋らんというなら、なにも喋るなよ」

念を押すように、安井が言う。借用証のことでも言っているのかもしれない。

鑑識課員が安井を呼んだ。

「刺したくもないやつを刺し、殴りたくもないやつを殴ってやってきた、と言ってたな」

私は煙草を捨て、靴で踏んだ。

「そんなもんです、俺らの稼業は」

「あの時、君は勝ってた」

「勝ち負けは、ありませんでしたよ。俺はそう思いました」

「助けて貰った、と俺は思ってる」

「御冗談を。先生の喧嘩は、半端者とはちがう。たまげましたよ、正直なとこ」

「江原も、刺したくはなかったんだろう？」

「いつかはね、どっちかを殺らなくちゃならなかった。社長と専務は、そうなってたんです。俺はこれで脱けられた。こうしなきゃ、脱けられねえとこなんですよ」

安井は、まだ鑑識課員と話している。高畠が、どんよりした空を仰いだ。

「ここは、いい土地だった。こんなとこに小さな家持って、惚れた女と二人で暮して」

高畠が笑う。

「結局、虫がよすぎたんでしょうね」

女房のことを訊こうとして、私はやめた。私も空を仰いだ。

「確かに、いい土地らしい。俺には、あまりいい顔をしてくれなかったがね」

安井が戻ってきた。私たちは車に乗った。

ロビーに、晴子がいた。私は木刀のさきを、掌でちょっと拭(ぬぐ)った。ロビーには、グリーンのカーペットが敷きつめてある。毎朝、きれいに掃除機がかけられているようだ。

「ひどいことをしたんですって、下山観光の社長に？」

「ひどいことって？」

「無茶な人よ。わざわざこっちから喧嘩を売るなんて」

「喧嘩はな、もうずっと前からはじまってたんだよ。むこうがちょっとまずいことになった。だから話し合おう。汚ないやつらにかぎって、そんなふうなんだ」

私は部屋へ戻った。晴子は付いてきた。廊下を歩きながら、銀色のマニキュアの指を私の腕に絡(から)ませてきた。

部屋へ入ると、窓を開け放った。風が吹きこんでくる。潮の匂いを吸った。

「そろそろ、客が到着しはじめる時間じゃないのかな」

いやがらせにたむろしていた、下山観光のチンピラの姿はもうなかった。諦(あきら)めたのか。それとも下山から別の命令でも出たのか。

「団体さんが二つですってよ。あたしにもお座敷かかってんの」

「君の姉さんは、マニキュアをしてたかね？」

「手の荒れを隠すための方便だと言ってた」

「マニキュア？」

「いまじゃない。座敷に出てたころさ」

「昔ね。地味なピンクよ。義兄(にい)さんに会ってから、しなくなったわ」

「坂口はマニキュアが嫌いなんだ。手の荒れを隠すための方便だと言ってた」

「旅館の女将なんてやってると、手は荒れるものよ」

「荒れたら、荒れたままでいいのさ、隠すこたあない」

潮風の中で、晴子の髪が舞った。横顔には険がある。頬のあたりにどうしても消せない翳(かげ)のようなものがある。派手な顔立ちだけに、それが目立った。

「爆弾、って言ったわね？」

「そろそろ、爆発するぜ」

「大丈夫なの？」

「相手はたかが下山だ。俺ひとりだってどうにでもできるようなもんだが」

「誰かに手伝って貰うのね？」

「地検から特捜部の検事が美保町に来る。いや、もう来てるだろう」

「検事さん」

「こんな功名、ただじゃやらんよ」

私は窓を閉めた。晴子の長い髪に手を伸ばした。頬のあたりを指さきで撫(な)でる。

「お金、貰う気なの？」

「いや、坂口の釈放を条件にする」

香水の匂いがした。ベッドのオー・デ・コロンとはちがうものだ。

「香水、なに使ってる？」

「え、気に入らないの？　その時の気分によって、いろんなものよ」

「ひとつにするんだな。香水ってのは、そんなふうに使うもんだ。君の着物からも服からも、ベッドからも部屋からも、同じ匂いがするようになる。持ち物に、移り香ってやつがつくのさ。ハンカチ一枚、どこかで見つけても、鼻を近づけりゃ君のものだってわかる」

「いやよ。同じのを三日も続けてると、いやになってくるの」

ちょっと晴子が頭を振った。私はもう一度髪に触れ、軽く唇を合わせた。

「明日、検事に会ってみるつもりだ。坂口は出されるよ、多分」

「明日、ね。義兄さんが出てきたら、なにをやるの？」

「風呂に入る。あいつの自慢の風呂が、下にあるんだろう」

「ほんとに、義兄さんは釈放されるかしら？」

「死人まで出た。俺の爆弾が決め手になるとすりゃ、検事も考えるさ」

海に眼をやった。冬は、もうすぐだった。海には、すでにその気配がある。

23　料理人

佐野が、ちょっと緊張した顔で入ってきた。二つの団体が入り、廊下も騒々しくなっている。

「松井の親父さんが、会いたいと言って見えてるんですが」

「松井？　松井旅館のか？」

「新藤さんに、直接話をしたいんだそうです」

「俺は別に用事はないんだがな」

腰をあげた。陽が落ち、窓の外は薄暗くなりはじめている。

「ロビーじゃありません。本館の裏の家にいらっしゃいます」

下山の使いとしては、どうも柄が合わない。それでも、下山観光の圧力で簡単に私を追い出した男だ。私は木刀を杖にして、玄関を出た。新館も本館も、ロビーに人の姿が多かった。

時々、雨滴が落ちてきている。

裏の木戸を開けた。私がはじめて来た時、ここの庭の灌木(かんぼく)は、宮坂に踏み荒らされてひどい状態だった。それが、いつの間にかきれいに手入れされていた。坂口は、庭を造るのが趣味だと言っていた。旅館の庭は職人に任せるが、家の前の小さな庭は暇を見て自分が手入れをすると言っていたものだ。

坂口の代りに、照子が手入れをしたのだろうか。犬小屋も片付けられている。

私は顔をあげた。竜太の部屋に、まだ明りはない。

玄関の横の壁に、背をつけるようにして松井が立っていた。

「お知らせしなきゃならんと思いまして」

薄闇の中で、松井の顔はいっそう痩せて、皺深く見えた。白髪だけが、白い帽子のように闇に際立っている。

「申し訳ないことをいたしました」

「なにが？」

「下山観光の高畠が、新藤さんの宿泊料を払いに来まして、あっしは断われませんでした。請求書を書いて、領収証まで出しちまった」

「そういえば、あの領収証は松井さんのとこから出てるものだった」

「恥かしくて、顔むけできんとこなんですが」

私は、足もとの土を木刀で突いた。湿っている。雨滴を頬に感じた。地面が乾く暇もなく、また雨になる。

「俺に用事ってのは？」

「実は、ついさっき、ここの坊ちゃんを見かけました」

「どこで？」

いやな予感がした。松井が一歩踏み出してくる。草色のジャンパーだった。その色が、ほとんど見分けられないくらいの暗さになっていた。

「それが、海なんですわ。ボートに乗せられて、あっしが見てる前を走って行きました」

「どこでなんだ？」

「あっしがいたのは、このさきの岩場んとこです。時々、仕掛けを放りこんどくんですよ。夕方入れて朝見てみりゃ、アイナメなんかが掛かってることがありましてね」

「竜太は、誰と一緒だった？」

「この街じゃ見ない顔です。坊ちゃんだと思ったもんだから、あっしは急いで浜の方まで走りました。このさきに、浜があるんですよ。なにしろこんな時なんで、ただ事じゃねえと思いやして。追いつけんかったです。ボートは沖の島の方に行っちまいました。浜の沖に、小さな島があるんです。浜から二キロってとこですか」

「ボートは、その島に着いたんだね？」

「いいえ、そりゃ見えませんわ。うねりがあって、五百メートルも沖へ行くと、ボートなんて隠れちまいます。それでも見え隠れしてて、島にむかってるように、あっしは思いました」
私は、もう一度木刀で地面を突いた。突き刺さった。手を放しても、木刀は立ってい
た。煙草に火をつける。竜太を攫うのは、帳簿を欲しいからだ。竜太と帳簿の引き換え、
それ以外に考えられない。下山、奥田、そして安井。安井にそんな暇はない。なにしろ
殺人犯を連行したばかりだ。
下山か奥田だろう。いずれなにか言ってくる。それまで待つのは、馬鹿げていた。帳
簿を持っているのが、ほかならぬ竜太であると気づく可能性もある。
「正確には、どれくらい前なんだね？」
「十五分。それ以上は経っとらんと思います。あっしは浜から真直ぐここへ走ってきた
んですから」
「ボートがいるな。あんた当てはないか？」
松井が、私の顔を見つめてきた、闇の中でも、口もとの頑固そうな皺は消えていない。
「あっしを、信用してくださるんですかい、新藤さん？」
「なんで、松井さんを疑わなくちゃならん？」
「下山観光の言いなりになったんですぜ」
「無理ないだろう」
「旅館って商売やってながら、お客さんに断わりもせずに出しちまった」

「あんたでなくても、そうしたさ」

私は煙草を踏み消した。

「あっしのボートでよかったら、すぐにでも出せますが」

「ほんとかね？」

「釣りに使う小さなやつですがね、船外機は付けとります」

「ありがたい。すぐ行こう」

「待ってください」

松井がちょっと考える顔をした。

「下山のとこの若い者がうろうろしてるに決まってます。あっしはこれからひとりで帰って、わからんようにボート出しますんで、新藤さんは、この先の岩場で待って貰えますか」

「その方がいいかもしれんな。船外機の音がしたら、懐中電灯を点滅させる。それでわかるな」

松井が頷いた。私は、松井の肩を軽く叩いた。

長い時間だった。ほんとうは、数分か、せいぜい十分くらいのものだったのかもしれない。人家から遠い岩場のはなは、もう完全な闇だった。波の音の合間に、エンジンの軽い唸りが入り混じった。私は、沖にむかって懐中電灯を点滅させ続けた。

音が近づいてくる。

小さなボートだった。手漕ぎのボートに、船外機を付けただけらしい。

「気いつけてください、揺れますんで」

打ち寄せた波が、足首まで洗った。私は舳先を摑み、片脚をボートに入れた。

「早く降りてくれ」

「なんでです？」

「松井さんまで連れていけんよ。島の場所は見当がついてる」

「やらしてください。このポンコツのモーターは、あっしの言うことしか聞きませんぜ」

「しかし」

「危ないことは承知しとります。新藤さん、言ったじゃねえですか。あっしの料理を食ったあと、なにやるか自分で選べって」

「忘れたよ」

「あっしは、忘れちゃおりません。あっしの腕が腐ってるって言われたこともね」

「早く降りろ」

私は呶鳴った。松井は動かなかった。舌打ちして、私はボートに乗った。

「頑固なんですよ、あっしは。一度決めると、やり通す方でしてね。いままで、決めなかった、決めよう決めようと思いながら、なんとなくね。そんなことって、あるでしょう？」

ボートは、ゆっくりと岩場を離れ、方向を変えていた。私は、二本揃えて置いてあるオールのそばに、木刀を置いた。

「あんたの腕が腐ってるって言ったことは、撤回する。腐ってたのは、奥田の煎餅の方だったよ」

「いいえ、腐ってますよ。これでも、東京にいたころはいい腕だって認めてくれる人もいたもんです。ここへ戻ってからも、味のわかるお客さんにゃ必ず喜んで貰ってた。それがね、いつの間にか、あんなもん出すようになっちまった。ありゃ料理じゃねえ。仕出し屋のド素人が仕込んだもんを、調理場でちょっと火を通すだけなんて、料理じゃねえです。二年近くも、あっしはそんなもんを客に食わしてた」

ボートが跳ねた。底が海面を打つ。かなりうねりがあるようだ。陸地が黒い巨大な影に見えるだけで、島影はどこにもない。松井の顔さえ、定かでなかった。

「あっちのボートは？」

「ランナバウトってやつですよ。二十ノットは出るでしょう。美保町に、小さな波止場があるのは知ってますか？」

「行ったこたあないが、漁師やってるのが何人かいるそうじゃないか」

「漁師じゃありませんや。船頭っていうんでしょうな、ありゃ。美保温泉にだって、釣りをしたい客は来ます。その客に雇われて舟出すだけですから」

「みんな、ランナバウトで突っ走るのかい？」

「いや、ちゃちな漁船ですよ。チヌ釣りなんかが多いようですな。仕掛けとか餌なんかも船頭が用意するんですわ。全部で十二、三隻ってえとこです。ランナバウトは、釣りじゃなくて遊びたいって人のためにね、下山観光が二隻持ってんです。組合で共同で持とうって話があったんですが、強引に下山がひとり占めしましてね、三十分で二万だってんだから、客を馬鹿にしてますよ」

「竜太をかっ攫ったのは、やっぱり下山か」

「わかりません。乗ってたのは三人か四人で、見た顔はありませんでしたから」

ボートはのろのろと走っていた。闇の中では、いっそう遅く感じられる。飛沫なのか雨なのか、顔が濡れていた。

「島はどうなってんだ、松井さん？」

「どうったって、岩場に松が生えてるようなもんですよ。ボートはつけられますが、浜はありません。釣りの連中が使う小屋がひとつあるんで、坊ちゃんはそこでしょう」

「方向は、大丈夫だろうな？」

「心配だったら、前見ててくださいよ。あっしだって、夜目が利くわけじゃありません。明るい時間にゃよく行くんで、陸の方を見ながら見当で走ってんですよ」

岬の蔭になるのか、美保温泉の街の灯は見えなかった。街のあるあたりの空が、かすかに明るいだけだ。

煙草に火をつけた。あっしにも、松井が言う。私はくわえていた煙草を差し出した。赤い点を頼りに、松井の手が伸びてきて、私の指と触れ合った。私はもう一本煙草をくわえた。晴子のジッポが、もともと私のものだったような気がしてきた。

最初に、小さな火が見えた。それから、闇の中に、ぼんやりと島のかたちが浮かびあがってきた。気づいた時は、かなり近づいていた。

松井が船外機を止めた、私は、ジッポの火で金具を探り出し、オールを固定した。静かだった。闇が、何倍にも重く感じられる。静かにオールを入れ、漕ぎはじめた。金具が、ギシギシと音をたてる。うねりが、ボートを持ちあげては、滑り落とす。

「右を」

低い声で、松井が方向を指示する。一度だけ、私はふりかえった。巨大な海獣の影のように、島はすぐそばまで迫っていた。

「右を」

松井がまた言う。突き出した岩の横を通り過ぎた。

「ランナバウトが見えます。あそこへ着けますか？」

「人影は？」

「ないですな。多分、みんな小屋でしょ。雨も降ってきたし」

「ランナバウトは、沈めちまおう。あいつで追っかけられたら、ひとたまりもない」

「それは、あっしがやります。新藤さんは、坊ちゃんをなんとかせんことにゃ」

「出たとこ勝負だ。とにかく、島にあがって、連中の様子を見よう」

ボートの底が、岩を擦った。右、右、囁くように松井が言う。舳先が、岩に軽くぶつかった。

24 陸へ

這うようにして、岩を登った。

松と、下生えの草があるだけだ。道らしいものはついていた。そこを辿る。小さな島だ。すぐに頂上に登りついた。火は、斜面の中腹に見えた。

松の幹につかまりながら、私はゆっくりと斜面を降りた。腰にぶちこんでいる木刀が邪魔だった。しかし、武器になるものは、これしかない。脇腹が痛んだ。耐えられないほどではなかった。筋肉で締めつけた時だけ、忘れないでくれというような叫びをあげる。

大きな焚火だった。申し訳程度の屋根がある小さな小屋が、焰に照らされてぼんやりと闇に浮かんでいた。

待った。

まず、人数を確かめることだ。焚火のそばには、ひとりいるだけだった。

沖の島の上にしては、風はそれほど強くない。むしろ、雨が本降りになりそうな気配だった。

小屋から、もうひとり出てきた。低い話し声が聞えた。少しずつ、私は距離を縮めた。

火が掻き回され、火の粉が舞いあがった。

顔が見えるくらいの距離になった。ひとりが小屋に入り、しばらくして三人で出てきた。竜太がいる。飛び出しそうになる自分を、私は抑えた。右腕を、三角巾で吊っている男がいる。黒いキッドの手袋と拳銃。あの腕で使えはしないだろう。だが、ほかの男が持っている可能性はある。

ひとりが、私の方を見あげた。そんな気がしたが、雨を気にして顔をあげたのかもしれない。

焚火のそばに、竜太は坐らされていた。しっかりと、黒い鞄を抱えこんでいる。

話し声。さらに距離を詰めた。

焚火の、パチパチという音まで聞えた。

飛び出して、木刀で打ち倒すのが難しいとは思えなかった。しかしそれは、拳銃がないとしたらだ。竜太がいないとしたらだ。

なんとか、竜太に合図を送りたかった。

無理だ。竜太が気づけば、ほかの三人も気づく。もっと待たなければならないのか。

連中は、火の中でなにか焼いていたようだった。ひとりが棒を突っこむ。肉かなにからしい。棒のさきに突き刺さったものをナイフで切ろうとしていた。

私は腰を屈め、足もとを手で探った。石。拳ほどのやつを、三つ拾いあげる。闇にむかって投げた。

ひとりが、音のした方にちょっと眼をやっただけだった。

もうひとつ投げる。三人が、音の方を見た。竜太も見ていた。ライトが照らされ、松の幹が何本か闇に浮かびあがった。ゆっくりとライトが動く。

三つ目を投げた。ひとりが立ちあがった。ライトを持って松林に近づいていく。私は火にむかって、早足で進んだ。あと十歩。足もとで石が転がった。二人が、同時に立ちあがった。私は走った。棒を突き出した男の腕を、したたかに打ち、もうひとりの腹を突いた。それは浅かった。叫び声。ライトが私を照らし出す。

「来い、竜太」

叫んだ。その時は、走っていた。竜太も突っ走ってくる。爆ぜるような音がした。続けて三発。私と竜太は、斜面を駈けあがっていた。叫び声が交錯した。また、銃声。

岩蔭に飛びこんだ。伏せる。

ライトが追ってきた。足音も追ってきた。私たちの前を通り過ぎ、ボートの方へ行く。どうしようもなかった。ライトは、すでに私たちのボートを捉えただろう。

「逃げろ、松井さん」

私は叫んだ。声は届いたはずだ。

船外機のかかる音はしなかった。代りに、四発、続けて銃声が起きた。

呼び交わす声。罵り合うような声。それから、ライトが上にむいてきた。私は竜太の肩を摑んだ。松林の中を少し降りて、急な斜面に這いつくばる。

息を殺した。片手を竜太の背中に置いていた。その手に、鼓動がはっきり伝わってきた。竜太は、鞄を抱きしめているようだ。

足音が、頭上を過ぎた。私たちのすぐ手前まで、ライトが舐めていった。

待った。足音が聞えなくなるまで、息を殺して待った。呼び交わす声が、遠くなった。

竜太の背中を叩いた。斜面を這いあがり、ボートの方へ降りた。暗闇を手で探りながら、ボートに近づいた。最初に触れたのは、柔らかなものだった。ジッポをつける。松井だ。手首の脈を探った。どうしても探り当てることができない。傷は胸に二か所ある。

どちらか一か所でも、死んでいる場所だ。

ボートの方へ這っていった。ランナバウトは、水に浸っていた。松井のボートにも、水が入っている。もう一度ジッポをつけ、破損の個所を調べた。銃弾でぶち抜かれた穴が、二つあった。塞ぐのは難しそうだ。ただ穴が開いているだけではない。亀裂が走っていて、指を突っこんで動かすとぐらぐらしている。

のんびりしているわけにはいかなかった。相手は、三人とも拳銃を持っているようだ。

「泳げるか？」

竜太は答えない。

「返事をしろ。首を振ったんじゃわからん」

「どこまで、ですか？」

「日本海を横断しようってんじゃない」

私は服と靴を脱いだ。

「帳簿を貸せ。教科書はこの際諦めて貰うぞ」

竜太にジッポを渡した。帳簿が差し出された。泳ぐにしても、どうやれば濡らさずに済むか。竜太が、なにか鞄から出した。

「ビニールです。雨の時鞄にかける、ビニールのカバーです」

「用意がいいな」

「買った時から、付いていてたんです。使ったことはありませんでした」

底はないし、把手のところには穴がある。だが、帳簿を二重に包める大きさだ。

「なにか、紐はないか？」

鞄をかき回している気配がする。

「ありません」

しばらくして、竜太が言った。私はシャツを脱いだ。それに包みこもうとして、胸に巻きつけた絆創膏に気づいた。幅が四センチ、長さは九十センチ。充分だ。剝がした。痛みが走った。大したことはない。痒ければこれで好きなだけ掻ける。

絆創膏には、まだわずかに粘着力が残っていた。帳簿をしっかりとビニールで包み、上から絆創膏を巻いた。両端を縒り合わせ、きつく縛った。シャツに包み、頭に載せて袖で顎に縛りつけた。緩みそうだが、濡れればきつく締まるだろう。プールや海水浴場で泳げる恰好ではなかった。見ている者は誰もいない。それにこの闇だ。

「怕いか？」

「三百メートルは、泳いだことがあります。学校のプールで」

「二キロか三キロはある」

私は、もう一度頭の上の荷物を点検した。

「怕いなら、ここに残ってろ。運がよけりゃ連中に見つからずに済む。俺が泳ぎ着いたら、すぐ警察に連絡してやるよ」

「二キロか三キロ」

「俺はな、おまえよりこっちの帳簿が大事なんだ。ここに残って、撃ち殺されるかもしれん。途中で溺れ死ぬかもしれん。どっちにしろ、俺にはなにもしてやれんよ。おまえが選んで、おまえの力でなんとかするしかない」

銃声がした。ずっと上の方だった。

「おまえと同じ歳のころ、おまえの親父はここまで泳いできて、また帰ったそうだ。奥田の倅と下山が誘い出したのさ。だが、帰れなくなったのは、下山だった。泣きながら、助けを待ってたそうだ。奥田の爺さんの話だがな」

「父が、話してくれたことがあります」

水際まで、私は這った。竜太も付いてきた。足から、海水に入った。岩場で、すぐ深くなっている。

「俺は行くぜ」

「ぼくも、行きます」

「途中で音をあげるな。俺は知らんぞ」

「泳いでみます。たとえ駄目でも、あんなやつらに殺されるよりはいいです」

「わかった。慌てて泳ぐな。ゆっくりでいい。できるだけ、俺から離れないようにしろ。

泳ぎはじめたら、ひと言も喋るんじゃない。潮流があったら、無理に逆らわずに躰を任せるんだ。わかったな。言いたいことがあったら、いまのうちに言え」

「おじさんが溺れたら、帳簿はどこに持っていけばいいんですか？」

「なんだと」

竜太がどういう顔で言ったのか、見えなかった。私は、ちょっと笑った。

「おふくろさんと相談しろ。ま、安井に渡すのが一番いいだろう」

「わかりました」

「行くぜ」

海水に入った。うねりに身を任せ、ゆっくりと泳ぎはじめた。竜太は付いてきている。陸の黒い影は、大きいだけで、遠いのか近いのかもわからなかった。濃い闇だ。かすかな、竜太の息遣いだけが聞えた。

脇腹が痛んだ。海水を掻くたびに、頭に響くような痛みが走る。眠気醒ましにちょうどいい、自分に言い聞かせた。

強い潮流は、ないようだった。うねりが大きいだけだ。手を動かしていても、時々沖に引き戻されているような気がした。

竜太の息遣いだけに、私は耳を傾けていた。竜太も、私の息遣いだけを聞いているのかもしれない。距離は拡がっていないようだ。

うねりの頂上に持ちあげられた時、足さきに竜太の躰が触れた。それから、離れた。次のうねりが来た時、足で海水（みず）を探ったが、竜太には触れなかった。しかし、息遣いは聞えた。乱れてはいない。私より、少し速いぐらいだ。

次第に、躰が冷えてきた。唇がふるえ、歯が鳴った。筋肉が強張（こわば）っているような気がする。竜太の息遣いが、聞えなくなった。いや、私が聞こうとしていない。耳を澄ませば、かすかだがそれは聞えた。

陸の影は、相変らず同じところにある。

苦しくなってきた。のどの奥になにか物が詰まったように、息を吸うのが苦しい。ほんとうに進んでいるのか、泳いでいるのか。

一度、私はふりかえった。島の影は見えなかった。竜太も、見えなかった。

息遣い。耳で探した。なにも、聞えなかった。黙って、沈んでいったのか。叫び声もあげずに、溺れてしまったのか。

うねりが躰を持ちあげる。引き降ろす。頭に載せたもののことを、私は忘れていた。顎に手をやる。載っているようだ。多分、まだ載っている。

どれくらいの時間、泳ぎ続けているのだろうか。歯は鳴っているが、もう寒さも感じない。陸の影は、まだ同じところだ。海水（みず）が、口に流れこんでくる。吹き出す。それを繰り返した。味はない。どんな味もしない。

足が、なにかに触れた。竜太の躰。間違いない。そうだ。触れ合っていればいい。それで、頑張れる。

脇腹が痛かったんだ、私はふと思った。いまは、もう痛みはない。どう手を動かそうと、痛みはない。

大丈夫だ。自分に言い聞かせた。俺はまだ泳げるし、竜太も多分、泳いでいる。負けてたまるか。ここで土左衛門(どざえもん)ってのは、どう考えたって、馬鹿げてるじゃないか。竜太を探した。足で、耳で、探した。いない。どこにも、いない。なんだって、陸はあんなに遠いんだ。島から見た陸と、なんの変りもないじゃないか。

呼ぼうとした。竜太を、呼ぼうとした。声が出なかった。口から海水(みず)が吹き出してくるだけだ。溺れている。多分、溺れている。十二歳の子供に、この距離を泳ぐのは、やはり無理だった。俺が殺したのか。置いてくれれば助かったものを、俺が無理に泳がせたのか。くそっ、声にはならなかった。敦子の顔が浮かんだ。悪かった。ほんとに、悪かった。君の息子を、死なせちまったよ。なんて男だ、俺は。

頭から、海水(みず)を被(かぶ)った。顎。シャツはある。頭に荷物は載っているか。よくわからなかった。確かめた。手に触れてくるものが、なにもない。いや、手が頭まであがっていない。

また、海水(みず)を被った。躰が、海水の中で揉(も)みくちゃにされた。

なんだ、この波は。波。そうだ、波だ。足を伸ばした。立った。足のさきが、砂に触れている。しばらく泳いだ。胸のあたりの深さになった。歩く。遠浅ではなかった。すぐに浅くなってくる。波打際の音が、はっきり聞えてくる。

浮力をなくした躰が、次第に重くなってきた。海面から躰が出るほどに、下から引っ張られるような感じが強くなる。臑で海水を蹴った。浜にあがり、私は海に眼をこらした。肺と心臓が暴れ回っている。そんなことは、どうでもいい。海は、濃い闇に包まれていた。波打際を、歩いた。足がもつれる。腿の筋肉が、石のようになっている。眼をこらした。五十メートルほど歩き、引き返す。暗い絶望が私を包んだ。なんてことだ、吐き捨てた。波が足を洗った。蹠の砂が流され、躰がちょっと沈んだ。地に引きこまれていくような気がした。

雨が本降りになっている。私は、濡れた砂に坐りこんだ。雨の落ちてくる空を見あげた。それから、海の闇に眼をやった。眼を閉じた。躰がふるえた。手で力まかせに膝頭をつかんだが、ふるえはおさまらなかった。

音。私はまだ眼を閉じていた。波の音。雨の音。眼を開けた。ちがう音が、混じっているような気がした。聞えなくなる。気のせいか。いや、聞えた。海水を蹴るような音。眼をこらした。右手の波打際に、黒い影がひとつ、よろめきながら上がってきた。

「こっちだ」

叫んだ。影はそのまま、波打際に倒れた。

私は腰をあげた。竜太のそばまで歩き、仰けになっている竜太を見降ろした。荒い息遣い。胸が大きく波打っている。しばらく、じっと見降ろしていた。

ようやく、竜太が私に気づいたようだ。薄く眼を開ける。闇の中で、眼だけがかすかな光を放つ。

「いつまで、待たせりゃ気が済むんだ」

私は、頭に帳簿を載せたままであることに気づいた。濡れたシャツの袖はしっかりと顎に食いこんでいて、なかなか解けなかった。

煙草を喫いたい、と思った。急に寒くなった。煙草が駄目なら、熱いコーヒーでもいい。酒ならもっといい。

「おまえのせいで、時間を無駄にした。おまけに、ぶっ倒れたまま動けんとはな」

のろのろと、竜太が身を起こした。

「遅れついでだ。しばらく休んでろ。ところで、ここがどこだか、おまえにゃわかるな？」

「はい」

「一キロばかり行くと『潮鳴荘』か？」

「そうです」

まだ竜太の息は弾んでいた。それでも、驚くほど回復は早い。何時ごろだろう。泳いでいた時間の見当は、まったくつかなかった。

竜太が、歯を鳴らしていた。私は立ちあがった。

「俺は行くぜ。歩けなかったら、あとから帰ってこい。道で溺れるこたあないだろう」

「行きます」

竜太が立った。足をもつれさせた。浜の緩やかな斜面が、ひどくきつい勾配に感じられる。

道路に出た。二人とも裸足だった。

「まだ終ったわけじゃない」

歩きながら、私は顔を上にむけて口を開けた。雨水が、甘く感じられる。竜太も同じようにしていた。

「おまえの親父は、まだ留置場だ」

帳簿は、ほとんど濡れていないようだ。包んだシャツはびしょ濡れだった。ビニールがなかったら、水に漬けたのと同じ状態になっていただろう。

私も竜太も、歯を鳴らしていた。一キロの距離が、ひどく遠かった。ようやく『潮鳴荘』の明りが見えてきた。

玄関から、人影が飛び出してきた。すごい勢いで突っ走ってくる。佐野だった。私たちを見て、佐野は低く叫んだ。私は裸で、竜太もシャツ一枚だ。突然気づいたように、佐野が傘を開く。

「いらんよ。どうせ濡れてんだ。それより風呂だ、腹も減っちまった」

「怪我(けが)は？」

「大丈夫だ。こいつが音(ね)をあげそうだったがね、なんとか持ちこたえたみたいだ」

「女将(おかみ)さんに、知らせてきます」

佐野が走り出した。

25　事業家

照子は、自宅の方の居間で、きちんと正坐していた。上半身裸のまま入ってきた私を見て、お辞儀をし、二、三粒涙をこぼした。仏壇があった。敦子が笑っていた。私の知っていた敦子よりいくらか老(ふ)けているが、それでもきれいだった。

「沖の島から浜まで、竜太はひとりで泳いだ。昔、坂口が同じことをやったって話を聞いたことがあります」

かすかに、照子が頷いた。また涙がひと条(すじ)こぼれ落ちてきた。

「俺はこれで」

敦子の写真に背をむけるように、私は踵を返した。新館の自分の部屋に戻り、部屋に付いている小さな風呂にひとりで入った。躰は、すぐに暖まってきた。

新しい服が、用意されていた。

部屋の隅で、佐野が正坐して待っていた。すでに食事の用意はできている。

「何時だね？」

「九時半です」

松井と二人でボートに乗ったのが何時だったのか、わからなかった。私は時計をなくしていた。陽が落ちたばかりだったことは憶えている。

電話を取った。美保署。安井はすぐに出た。

「沖の島で、松井旅館の主人が死んでる。撃ち殺されたんだ。犯人が泳げなかったら、まだ島にいるはずだよ。ボートは使えん」

「君は、どうやって帰ってきた？」

「泳いでさ、竜太と二人で」

「竜太？」

「攫われた。帳簿を狙ってる連中だな。それを松井のじいさんが知らせてくれたのさ」

「詳しく説明しろ」

「疲れてんでね、とりあえず報告だけだ」

「おい、待て、帳簿は？」

「さあね、坂口を出したら考えよう」

電話を切った。

「竜太くんが、松井の親父さんのことをひどく気にしているみたいでした」

「松井さんが、助けてくれたようなもんだからな」

私は煙草をくわえた。ジッポはすっかり海水を吸っていた。『潮鳴荘』のマッチを使った。

「電話が何度も入ったって？」

「脅迫です。相手はわかりません。とにかく新藤さんを出せと。もうちょっと待ったら、警察に届けようかと思ってたところです」

「女将さん、心配してたろう」

「と思います。でも、ふだん通りにやってました。お客さまが多いですから。うちで知ってるのは、女将さんとぼくだけです」

「また入ったら、俺が出よう。安井からの電話だったら、いないことにして、君が用件を訊いてくれ」

私は箸を執った。腹が鳴っている。

電話が鳴ったのは、二杯目の飯を平らげた時だった。佐野が取り、私の顔を見る。私は手を伸ばした。

「聞いてると思うが」

低い声だった。聞き覚えはない。

「ボスに代われ」

「ボス？　なんか勘違いしてんじゃねえか？」

「切るぜ」

「待ちな。坂口の倅がどうなってもいいってんだな？」

「俺は、雑魚とは話さん」

島に残った三人は、泳ぎが得意ではなかったようだ。連絡手段も、持っていないのだろう。

「坂口の倅が泣いてんだぜ、おい」

「泣いてない」

「なにっ」

「おまえらのようなゴミに脅されたくらいじゃ、泣かんやつだよ」

「死んだっていいってのか、あのガキが？」

「ボスに言っとけ。たかが田舎の温泉街のボスくらいで、暴力団気取りはやめとけってな。それから、これ以上俺を怒らせるな。木刀で頭を叩き割るぞ」

電話を切った。竜太を攫ったのは、多分、下山だろう。あの三人の中のひとりがこの部屋に押し入ってきた夜、下山も戻ってきたのだ。奥田、という可能性はまずない。

「君の木刀を、沖の島に置いてきちまったよ。事が収まったら、取りに行くといい」

「収まりますか？」

「もうひと騒動は、あるさ」

佐野が淹れた茶を、私は口に運んだ。外は雨が降り続けているようだ。風はあまりない。子供の笑い声が、ドアの外を走り過ぎていった。

もう一度電話が鳴ったのは、それから三十分も経っていなかった。

「下山です」

声は相変らず、営業部長だ。

「自分の馬鹿さ加減に、いまごろ気づいたのかね」

「もう一度、君と会いたい」

「ごめんだね」

「妙な真似はせんよ。なんだったら、私ひとりでそっちへ行ってもいい」

「誤解するなよ。俺は自分が怕いんだ。あんたの頭を叩き割っちまうんじゃないかと思ってね」

「会いに行きますよ、構いませんな」

「肚(はら)を据えてんのかね。腰を抜かさん自信があったら、来ればいいだろう。ロビーはうろつかんでくれ。部屋だ。当然、どの部屋か知ってると思うけどね」

電話が切れた。私は、まだビニールに包んだままの帳簿を、どこに隠そうか一瞬迷った。それから、二つに折ってズボンの尻ポケットに突っこんだ。

下山は、グレーのスリーピースに黒い無地のネクタイを締めていた。私は黙っていた。ただ見つめた。肩のところに、水滴のしみがいくつか付いている。

「木刀は？」

「島に置いてきた。あそこで、松井さんが死んだよ」

「ほう」

「あんたが、どれほど間が抜けてるか、教えておこうか。帳簿を持ってたのは、竜太だったんだ。学校の鞄に入れてな。あんたは、帳簿ごと竜太を攫ったんだ」

「私が攫った？　竜太くんを？」

「じゃ、奥田かね。あれを欲しがってたのは、奥田とあんただ」

「私はなにも知らん。なにも言えないことは、わかるでしょう」

「じゃ、なにしに来たんだね？」

下山がラークに火をつけた。黒漆(くろうるし)のデュポン。新品だ。

「最後の話し合いと思って貰いたい」

「あんたとは、一度も話し合っちゃいない。そのつもりもない」

下山が正坐した。芝居がかった男だ。内ポケットから出した封筒を、私の前に差し出した。

「一千万ある」

「なんでも金で買える、と思ってる馬鹿か」

「私はね、自分の時間を買いたいんだ。建設会社をやる準備を進めている。この一年が、十年に匹敵するほど、大事なんだ」

「やはり金だろう。買い占めた土地を売って儲け、そこになにか建ててまた儲ける。三途の川の渡し賃には多過ぎはしないか」

「正直に言おう。あの帳簿は、私の裏金の動きの記録みたいなものだ。この三年ばかりの間のね。女たちからの上がり、酒場の上がり、旅館や店からの供託金、賭場の上がり、全部合わせると、看板を出して稼いでいる金の三分の一にもなる」

「そんなものに、帳簿を作るのかね？」

「江原が、作った。高畠に作らせたんだ。表の仕事は江原、裏の仕事は高畠、ということになっていたが、結局、高畠は江原に丸めこまれた。裏金は、私個人のものになってる。会社のじゃない。たとえ発覚しても、私が罪を問われるだけで、会社の税理士でもあった江原が連座することはなかった」

「やくざに帳簿なんて作らせるから、神経症になるんだ」

私は煙草をくわえ、マッチで火をつけた。

「江原を信用していたわけじゃないが、高畠は信用していた。高畠に、悪意はなかったんだよ。必要な帳簿だと思っていた。最近になって、やっと変だと思いはじめたらしいんだな」

「俺に聞かせて、どうするんだね？」

「あの帳簿が発覚しても、私が問われるのは脱税容疑ぐらいだろう。裁判に五年、刑は一年、そう見当をつけてる」

「聞きたくないな」

下山が煙草を消した。指さきが、かすかにふるえている。

「江原が死んだことも、松井が死んだことも、私には関係ない。そういうことになるはずだ。私はね、私の一年を一千万で買おうと言ってるんだ」

「殺したのは、二人だけか？」

「私には関係ない」

「江原や松井に関しては、警察がケリをつけるだろう。あんたは、ひとつ忘れてる」

「この旅館を買収するのも、私の大きな事業の一環だ。この街には、客が集まるようになる。その自信はある。坂口は、ホテルの社長をやればいい」

「忘れてることがあるだろう。それとも、わざと思い出さんのか」

睨み合った。下山はすぐに眼を伏せた。テーブルに置いた手が、ふるえ続けている。

「敦子さんのことは」

「やめろっ」

私は煙草を消した。

「おまえの口から、その名前は聞きたくない。もう一度口にしたら、坂口が出てくる前に、俺がおまえをぶち殺す」

下山の額に、汗が浮いていた。下山はそれを、スーツの袖で無造作に拭った。

「誤解があった。私は彼女を好きだった。彼女もそうだと思っていた」

「他人の女房だぜ」

「好きになっちゃいかんのか？　他人の女房だから、好きになっちゃいかんのか？」

「好きになるのは、勝手だ。おまえは欲しがった、無理にな」

「無理にじゃない。だから、誤解なんだ」

「なぜ死んだ？」

「知らん」

「彼女は、なぜ死んだんだ？」

「自殺だったらしい、という噂があった」

「噂だと？」

「ほんとのことは、坂口しか知らんと思う」

私はテーブルに眼を落とした。灰皿、煙草、マッチ。全身から、力が抜けていくような気がした。膝を、拳で一度叩いた。

「私の、事業は、もう終りだ。江原も高畠もいない」

「あんたの事業だ。私が大きくしていく。これからもだ」

「あんたのまわりからは、誰もいなくなる。金で雇った連中なんか、負けるとわかりゃそれっきりさ」

「負けん。殴り合いでは君に負けても、事業じゃ君に負けん」

「俺は事業家じゃない」

下山のこめかみに、青筋が立っていた。もう汗を拭おうともしない。手はふるえ続けている。

「値を吊りあげようとしているな、君は」

「見くびるのも、いい加減にしてくれ」

「私は読んだ、君がどういう目論見を持っているのかね。結論はひとつだけだ。値を吊りあげている。その証拠に、君はあの帳簿を警察に渡さん」

「安井があんたの犬だからさ」

「ちがう。安井を犬にしようと、多少の投資はしたがね。あれは結局、犬にはなりきれん男だ」

私は煙草をくわえた。身を乗り出している下山を見据えた。

「もう充分話し合ったろう」

「いくらなら、売るつもりだ？」

「金じゃないと、言ってもわからんだろうな」

「奥田が、いくらの値をつけた？」

「帰ってくれ」

「奥田に、一千万積む余裕はないはずだ。山を売れば別だが、そんな動きはない。あのじいさんの生甲斐(いきがい)だからな、山は」

「帰れ、と言ってるんだ」

下山が立ちあがった。膝が、かすかにふるえているようだ。いや、全身がふるえている。私は座椅子(ざいす)の背もたれに寄りかかり、腕を組んで下山を見あげた。

また、電話だった。十時四十分。床の間に、デジタル時計が置いてあった。私が腕時計をなくしたのを知って、佐野が気を利かせたのか。

「あんたの電話は取り次ぐな、と佐野に言っといたんだがな」

「それは酷ってもんだ。なんだかんだと言ってたがね、ひと声脅しゃ、やはりガキさ」

「話は、わかってる。俺ゃ眠りたいよ」

「真剣に聞いてくれんか」

安井の声が、いくらか沈んだもののように聞えた。この男の、こんな声を聞くのは、はじめてだ。

「それより、沖の島はどうした？」

「ついさっき、松井の屍体を確認したという報告が入った。ボートもな。島の捜索はこれからはじめるんだろう」

「松井の奥さんには？」

「奥さん？　旅館にいる婆さんのことか。あの人は松井の姉さんだよ。東京で女房に死なれて、松井はこっちへ戻ってきたんだ」

「そうか。で、旦那は島へ行かんのか？」

「行かんよ。雑魚駆り出すのに時間は使えん。うちの署から二十名も出てる。心配はないさ」

「疲れてるのか？」

「なぜだね？　島へ行かんのは暇がないからだ」

「声が変だぜ」

「実は、ずっと検事とやり合ってた」

「ほう、あんたがね」

安井はしばらく言葉を切った。私はテーブルに手を伸ばし、煙草をくわえた。マッチを擦る。かすかな息遣いが聞えた。

「坂口を釈放しろと言うんだ。この際、なにより下山の逮捕を優先させろとな。検事にゃ事情がよくわかってない」

「決まったのか？」

「俺は反対した。いまも、反対してる」

「なぜだ？　こだわり過ぎだろう」

「坂口を死なせたくない。人殺しにもしたくない」

「どういう意味で、言ってるんだ？」

「出たら坂口がなにをやるか、俺にはよくわかる」

「なにをやる？」

「君にもわかってるはずだ。ちがうか、先生？」

私は煙を吐いた。

「あんたと坂口は、どんな関係なんだ？」

「友だち、だった。いまもそうだと、俺は思ってるよ」

「だから、わかるのか？」

「わかり過ぎるほどな」

「理由は？」

「それを知ろうとは思わん。知ってどうなるってもんでもなかろう」

「出してくれ」

「君も、坂口の友だちじゃないか」

「その俺が、頼んでるんだよ」

「頼むのか？」

「あいつのためにだ」

　また、安井が黙りこんだ。私は待った。煙草が短くなった。

「検事は、条件を出せと言ってる」

「帳簿だな」

「くそくらえ、ちくしょう。そんなもんは燃やしちまえ」

「落ち着いてくれよ」

「一度ぐらい、思い切りわめかせろ。君の耳が潰れるってわけじゃねえだろう」

「何度でも、好きなだけわめけよ」

「悪かった。検事の条件は、帳簿と引き換えに即刻釈放だ。ただし、俺と君の間の話だぜ、こいつは。坂口はただ、起訴猶予の処分を受けるだけだ」

「わかってる。いつ持っていけばいい」

「いつでも。俺は今夜、高畠と付き合おうと思ってんでね。君が来る前に、下山の逮捕ができりゃいいんだがな」

「なんの帳簿だか、わかってるのかね？」

「ちょっとだけな。高畠がほのめかした。吐いたんじゃなくて、自分からほのめかしたのさ。それだけは言うと、決めてたんだろう。それっきり、貝みてえになってやがる」

「この帳簿で、何年下山を入れとけると思ってるんだね、旦那？」

「せいぜい一年、脱税容疑だ。ただ、下山の事業には、政治屋の利権が絡んでる。むしろそっちの方面で、検事は急いでるんだ」

「とにかく、帳簿は届けよう」

「待つ気には、ならんがね」

私は煙草を消した。

「安井の旦那」

「なんだ？」

「サングラスをしてくれ。俺はあんたの眼つきだけが、どうにも好きになれん」

「眼つきだけ、か。ずっと前に、坂口にもそう言われたことがある。長く付き合えば気にならん、三か月ばかり前に、やつはそう言ったよ」

私は電話を切った。

窓際の椅子に腰かけ、窓を開けた。雨が吹きこんできて、顔を濡らす。そのまま、しばらくじっとしていた。

26　濡れたライター

いきなり、晴子が入ってきた。着物姿で、爪は赤かった。

「少し飲み過ぎちゃったみたい、今夜は」

窓際の椅子に来た。膝に乗ろうとする晴子の尻を、私は押しのけた。

「なんで邪慳にすんの。よその座敷で媚売ってたのが、気に入んないんでしょ」

「酔ったふりか、また。今夜は忙しかったもんな」

「どういう意味？　やっぱり嫉いてんだ、あんた」

「俺もな、まるっきり女を知らんってわけじゃない。性悪女は、性悪女の顔を時々するもんさ」

「酔ってんの？」

「酔いたいね。一番来て貰いたくないやつが、さっきここへ来た。濁った空気を入れ換えてたら、また臭い息を吐くやつが来た」

次の間に、人の気配がした。佐野ではない。佐野は、ドアのところでスリッパを鳴らす癖がある。

「機嫌が悪いのね」

また、晴子が膝に乗ろうとする。私は突き飛ばした。畳に倒れた晴子の着物の裾が乱れ、白いふくらはぎが見えた。

「どうして乱暴すんの？」

「最初から、おまえはうさん臭い女だったよ」

「いつもと違うのね」

晴子が躰を起こし、坐り直した。口紅も、爪と同じ色だ。

「自分から近づいてくる女は、信用しないことにしてるんだ。商売女でもないのに自分から近づいてくる女は、必ず男の金玉を狙ってるって、教えてくれた甲板長がいたよ」

「あんたが、姉さんに絡んでたからよ」

「おまえ、商売女か？」

「侮辱する気。喜んで抱いたくせに」

私は立ちあがり、開け放っていた窓を閉めた。板の間に敷いたカーペットが、吹きこんだ雨で湿っていた。煙草をくわえる。マッチで火をつけた。

「下山に様子を見てこいと言われたのか?」

「下山?」

「おまえに爆弾のことを話した日の夜中に、下山はこの街に戻ってきた。俺がこの部屋に泊まってることを知ってる男が二人来て、爆弾を探していったよ。明日、爆弾を爆発させるというと、夕方、竜太が攫われた」

晴子が横をむいた。頬に翳が浮かび出してくる。私は眼をそらした。

「俺は、君にカマをかけたんだ」

「知らないわ、あたし」

「往生際が悪いな。いつから下山の女になったんだ」

晴子の顔が歪んだ。笑っている。煙草の煙が、のどにひっかかってきた。

「これを返しとこう」

私は、海水を吸ったジッポを晴子の膝の上に置いた。腰を降ろし、煙草を消す。

「このライターに気をとめたやつが、二人いた。江原と高畠だ」

晴子がライターを掴み、私に投げつけた。胸に当たり、畳に落ちた。

「いつ下山に抱かれたか、教えてあげましょうか。姉さんが結婚した日の夜よ」

「腹いせとしては、平凡過ぎるぜ」

「ふん。抱かれただけでそいつの女だっていうなら、あたしはいまは、あんたの女じゃないか」

「じゃ、犬になったってわけだ」

「ここにね、ホテルが建つの。大きなホテルよ。あたしがそこの社長になるの」

「そういう餌(えさ)で、釣られたってわけか」

「そんなに甘かないわよ。下山がどんな男か、ちゃんと考えてやったのよ。あれはね、あっちこっちに自分の女を置いときたい男なの。ここはあたしよ。経営者の妹なんだから、世間体も悪くないわ。そのうち、あたしはあいつから独立するの。このホテルを、完全に自分のものにするわ」

「夢とごちゃまぜにするな。まだホテルなんて建ってない。それに、下山は逮捕される。爆弾が爆発するんだ」

「医者に、なにができんのよ。病人でもみてりゃいいんだ」

「君も、逮捕される。だが、馬鹿な女ひとり刑務所へ放りこむのも大人(おとな)げないしな」

「できるなら、やってみたら。下山にかないっこないわよ」

「とにかく、この街からは出ていけよ。どこかへ流れて、そこで勝手に金のある男でもくわえこむんだな」

「ちくしょう、人を馬鹿にして」

晴子が立ちあがった。眉が吊りあがっていた。横をむいた時だけ目立った翳が、顔全体を覆っていた。私は眼を閉じた。自分が抱いた女のこういう顔は、見たくなかった。

「晴子」

照子が入ってきた。私は髪を掻きむしった。次の間にいたのが照子だということは、気がついていた。この部屋に来るのは、照子か佐野だ。竜太はドアの外から声をかける。

「帰んなさい。どこへも行っちゃ駄目よ」

晴子の眼から、涙が溢れ出してきた。私の方は見ようとしない。ただ、じっと姉を見つめていた。照子が、晴子の乱れた髪をちょっと手で直した。まだ繃帯はしたままだ。

「寝るのよ、お薬を飲んで」

晴子が、よろめいて照子の肩に手をかけた。それからふらりと部屋を出ていった。

照子が、私の前に正坐した。繃帯を巻いた手をきちんと膝の上で合わせ、上眼遣いに私を見た。はじめて照子と会った時のことを、私は思い出した。

「あの子を、許してやっていただけませんか、新藤さん」

「姉妹だといったって、あなたの足を掬おうとしたんですよ」

「私が許しても、駄目なんでしょうか？」

「坂口が、なんというかな？」

「主人は、あの子の病気のことを、知っておりますわ」

「病気？　妄想型の分裂症、とも思えないことはないな」

「お医者さまですのね、やっぱり」

ちょっと照子が笑ったように見えた。

「専門は心臓でしたよ。それも外科だ。いまじゃ、飲んだくれの船医ですがね」

「父が、病気でしたの」

「だからって、彼女もそうとはかぎらんでしょう」

「見たんですよ、あの子。かわいそうに、見てしまったんです」

「なにを、ですか？」

照子の顔が、なにかで拭ったように無表情になった。指さきが、一度ピクリと動いた。

「父が、母を殺すところをですわ」

「それは」

「十二歳。竜太と同じ歳の時でした。たまたま、具合が悪くて学校を休んでたんです。それで、見てしまったんですわ」

照子の顔は、相変らず無表情だった。

「あの子が私になにをしても、私は許すつもりでいます」

「俺が口を挟む筋合いじゃないな。どうも、悪いことをしちまったみたいだ」

「ちゃんとお話ししなければ、納得していただけないだろうと思いましたから」

私は煙草をくわえた。マッチを擦りながら、畳に転がったジッポに眼をやった。

「父が、ジッポのライターを使ってましたの」

「やめませんか、この話は」

照子が頷く。

私は茶を淹れようとした。照子が膝を立てた。この女に、妹のような翳はない。

「竜太、どうしてますか？」

「部屋にいますわ。飢えた子供みたいに、四杯も御飯食べて」

私は茶に手を伸ばした。外の雨はまだ続いていた。小降りになる気配はない。

「いい子過ぎるな。なんとなく、そんな気がします」

「もっと無邪気な子なんですのよ、ほんとは。しばらくは、放っておくつもりですの。自分の足で立ってますもの、あの子はいま」

「俺は余計なことばっかり言ってるみたいだ」

「あの子は、新藤さんのことを好きみたいですわね。わりと人見知りをする方なんですよ。それが、一緒に食事をしたいなんて」

照子が笑った。私はちょっと首を振った。眠りが足りない。これだけ躰が疲れていれば、気持よく眠れそうだ。

「お怪我、いかがですか？」

「もともと頑丈でしてね」

「よく喧嘩なさったそうですわね。高校のころなんかしょっちゅう」

「いまだってね。船員同士の喧嘩に割って入って、気がついたら自分がやってる」

「不思議な気がしてましたの」

「なにがです？」

「主人とお友だちだってことが。でも、お目にかかって、なんとなくわかりましたわ」

「似てるところがまったくない。だからお互いに認め合う。そんなことを言われたことはあります」

「似てますわ、どこか」

「実は、俺もそう思ってる」

女の好みも、似ていた。結局、そういうことになる。ほんの短い間だが、私は晴子に魅かれていた。照子に似ている晴子に、魅かれたのかもしれない。

「どこまで、知ってるんですか？」

「なにも。詳しい事情はなにも」

「いいのかな、それで」

「決めたことをやる。これ、新藤さんと似てるんじゃありませんの」

「しかしな」

煙草が消えていた。私はもう一度火をつけた。煙を吐きながら、照子の白い顔に眼をやる。

「俺も選ばなくちゃならない。いま、すぐにです。あいつを留置場から出すかどうか」

「出せるんですの？」

「出せますよ。すぐにでも」

「そのあとのことを、考えてらっしゃるのね」

「三か月、四か月、そんなのは人間にとって長い時間なのかな」

照子は、答えなかった。私も、訊くべきではなかった。私が選び、選んだことで傷つくなら傷つけばいい。本心がどうであれ、私は選ぶべき場所に、立ってしまったのだ。

「ここのお茶は、うまいですね」

「主人が聞いたら、喜びますわ。お湯の温度にうるさいんですの。おかげで、一日に三回もポットを交換させられて」

「坂口は、趣味が年寄りじみてるんだ。庭造りだってそうでしょう」

「悪口、申しませんわ。新藤さんの前でも」

「それを、あいつが絶対に聞くことがない、としてもですか？」

「なおさら、ですわ」

湯呑みが空になった。私はそれを、黙って照子の前に出した。急須の葉を捨て、照子は新しい茶を淹れた。

部屋の明りが、不意に消えた。すぐに、小さな明りが点いた。

「停電、だわ」

「だけど、あれは」

「停電になると、自動的に非常灯が点くことになってますの。バッテリーが地下室に置いてあって」

「工事でもしてるのかな」

「そんな話、聞いてませんわ」

停電です、御迷惑をおかけします。館内放送は佐野の声だった。照子が立ちあがった。

27　闇

ただの停電ではなかった。

電話も、不通だった。どういうことか、見当はつく。電線と電話線を、誰かが切断したのだ。

夜遅いせいか、騒いでいる客はいなかった。私はロビーに降り、本館へ行った。

「このあたりの、地図はあるか？」

佐野をつかまえて言った。佐野の顔が、ちょっと緊張した。帳場から、観光地図のようなものを持ってくる。

「停電がここだけか、街全部かわかるかい？」

「灯が消えてます、どこの灯も」

「下山も、馬鹿な真似をするよ。悪あがきが過ぎる。肚(はら)をくって自首でもすりゃ、かえって助かるものを」

地図に、印をつけた。街を突き抜けている道路が一本。山の村を迂回(うかい)している道路。車が通れる道といったら、これだけのようだ。

「詳しい地図はないのかね？」

「ありますよ。でもお見せできません」

「どういうことだ？」

「ここに、あるんです」

佐野が自分の頭を指さし、にやりと笑った。

「大抵の道なら、知ってます。山には山菜を採(と)りにいきますし」

「俺と一緒に、なにかやりたいってことかね？」

「やっとチャンスが来たって感じです」

「物好きな男だ」

「状況を、確かめなくちゃなりませんね」

「張切り過ぎると、怪我するぜ」

非常灯の下で、佐野の眼が輝いて見えた。私は道路に出た。下山はやはり、私の尻ポケットの帳簿が欲しいのか。そのために、こんな大袈裟な真似までしているのか。

下山に、警察が手を伸ばせるのかどうか、私はちょっと考えてみた。高畠が下山の名前を出すことは、まずないだろう。沖の島の三人はどうか。下山が直接指令を出したのかどうか、私は知らない。無論、警察もだ。三人が吐かなかったとしたら。

やはり帳簿だけが、下山の罪を証明する唯一の物証ということになるのか。帳簿さえ取り戻せば、この急場は切り抜けられる、という自信があるにちがいない。あとは、ゆっくりと時間をかけて事を収めていく。そういう面では、狡猾な男なのだろう。

「どうですか？」

佐野が傘をさしかけて、私の横に立った。道路に人影はなかった。いや、見えない。闇が、街をすっぽりと包み隠している。

「電話線はともかく、電気まで線一本で切っちまえるのかな？」

「裏の山に変電所があります。そこで止まれば、この街に電気は来ませんよ」

何人いるか、というのが問題だった。下山観光の社員が、全員で追ってくるとは思えない。高畠の下で働いていたチンピラだけだろう。それに、下山が直接雇っている男たちもいそうだ。

「俺の尻のポケットに、帳簿がある。連中はこれが欲しいんだ」

「なるほどね」

「俺をつかまえて、拷問でもして訊き出す。一番考えそうなことだな。もっとも、つかまっちまえば、それっきりだ。尻のポケットに入ってんだからな」

「そいつを、新藤さんはどうする気だったんですか?」

「安井の旦那と取引きしたんだ。引き換えに坂口を出してくれることになってる」

「じゃ、美保署へ届けなきゃならないってわけですね?」

「地図を見たかぎりじゃ、この街を封鎖しちまうのは、簡単だな」

「船は?」

「あるのか?」

「手漕(てこ)ぎのボートくらいなら、見つかるかもしれない」

「むこうにゃ、ランナバウトがあるんじゃないのか。あいつをぶっつけられたら、ひとたまりもないぜ」

いくら闇を眺めていても、雨さえも見えなかった。私は本館に入った。むこうがどう出るか。それともこっちから仕掛けるか。朝まで、数時間。待つのは不利だろう。

「君の車で、連中を引っ張り回す。朝まで逃げ回る。どうだね?」

「美保町までは十二キロありますよ。しかも、むこうには何台も車がある」

「美保町へ行くのは、難しいな。ただ、引っ張り回すだけなら、なんとかなるかもしれん」

「ぼくが引っ張り回して、新藤さんが美保町へ行く。しかし、十二キロですよ」

「二人で、引っ張り回そう」

私はソファに腰を降ろした。煙草に火をつける。地図を見た。細かいところはわからないが、地形の見当くらいはつく。

客がひとり降りてきた。テレビがつかないと苦情を言っている。停電なんです。バッテリーで非常灯だけ点けてるんです、なにしろこの雨ですから。佐野が丁寧に説明している。バッテリーで、どれくらい保つの。四時間は大丈夫だと思います。

客室を見回っていたらしい照子が戻ってきた。

「佐野と、竜太を借ります」

照子の眉が、ちょっと動いた。

「佐野は、追い返しても付いてくる。本人がその気になっちまったんだ」

佐野はまだ、客に停電の理由を説明していた。私は煙草を消し、立ちあがった。

「竜太が、坂口を出してやる。自分の力でね」

「子供、ですよ、新藤さん」

「父親のために闘える、最後の機会でしょう？　ただし、やるかやらないかは、竜太が決めればいい」

「子供に決めさせるんですか？」

「たとえ子供でも、それを決めなきゃならん時があるもんですよ。子供だからって理由で、大人が止める権利はない」

「危険なんでしょう？」

「非常に。そして失敗すれば、もうしばらく坂口は出られない」

「母親なら、お断わりすべきですわね」

「俺は、母親じゃない」

尻のポケットに、ちょっと手をやった。

やっと客を部屋に追い返した佐野が、そばへ来た。私と照子の間の気配に気づいたのか、黙って立っている。

「俺が、訊いてみます」

「待ってください」

照子の白い歯が、唇を噛んだ。

「私も、選ばなくちゃなりませんのね？」

「みんな、選ぶんですよ。最初から選んでるのは、坂口だけだ」

「わかりました。私が、あの子に訊いてみますわ」

照子が、帳場の奥へ消えた。

佐野が、煙草を差し出してきた。一本くわえ、私がマッチを擦(す)った。

「竜太くんも、連れていくんですか？」

「反対かね？」

「わかりません。竜太くんが行きたいと言うのに、ぼくが止める権利はないような気もします」

「俺と君が逃げ回る。その間に、竜太に美保署まで走って貰う」

「道は、塞(ふさ)がれてますよ、多分」

「君の頭の中の地図は、役に立たんのかね？」

佐野が、にやりと笑った。

雨は相変らず激しい。これが、私たちに幸いするのかどうか、ちょっと考えた。すぐにやめた。どちらの頭上にも、雨は降る。

「追いかけて来る連中、拳銃を持ってますかね？　松井の親父さんは、撃たれて死んだんでしょう？」

「鉄砲玉が怕(こわ)けりゃ、車だけ俺に貸せよ」

「新藤さんの悪い癖だ」

「なにが？」

「わざと突き放すような言い方をする。竜太くんには、いつもそうですよ」

自分では意識していなかった。子供だからという理由で、竜太を甘えさせたくない、そんな気持があるだけだ。

「頭の中の地図は、どうなってんだ？」

「車の入れる道、入れない道。通り抜けられるか行き止まりか。美保町まで車に出会さずに行ける道はどれか」

「頭の中だけじゃないことを、俺は祈るよ」

「あなたは盲同然なんだ。道に関しては、ぼくの意見に従うべきです」

「頼むぜ、若旦那」

私は玄関に出た。上体だけ出して、闇のむこうを見つめた。雨の音が聞えるだけだ。この闇の中に、何頭の獣が潜んでいるのか。

竜太がやってきた。

ジーンズの上に、フードのついたヤッケを着こんでいる。

「いいんですね？」

「私が、竜太に頼みましたの。行って欲しいって。母親失格ですわね」

「行きたくない、と言ったのか？」

私は竜太の方を見た。

「いえ」

「頼まれたから行くのか?」

「頼まれなくても、行きます」

「それならいい、おまえが選んだんならな」

「竜太くん」

佐野が呼んだ。観光地図を持っていた。

「道の相談をします。どうせ、新藤さんにはおわかりにならないでしょう」

「勝手にしてくれ」

私はソファに躰を投げ出した。照子が、竜太を見つめている。

「あなたは、母親ですよ。竜太の立派な母親だ」

照子は答えなかった。


車に乗った。

フロントグラスを、滝のような水が洗っている。運転は佐野、私は助手席で、竜太は後部座席だった。

帳簿は、竜太のヤッケの胸ポケットに移っている。チャックで開閉する、大きなポケットだ。

「行きますよ」

佐野が、ゆっくりと車を出した。ヘッドライトが、暗い街並を照らし出していく。なにも起きなかった。ヘッドライトの中には、雨の条があるだけだ。

「君は、なんで付いてくる気になった？」

「さあね。下山には前から腹が立っていたし、自分の不甲斐なさが情無くもあったってことでしょうか。正直、どこまでやれるかなんて自信はありません。やってみるしかない。新藤さんと竜太くんを見てるだけで、じっと息を殺してるなんて男のやることじゃない。いけませんか、これじゃ？」

「男は仕事、と考えてたんじゃないのか？」

「時によるでしょう、そいつは」

バス・ターミナル。駐在所の赤いランプも消えている。

竜太は、緊張しているようだった。ひと晩のうちに、経験したことのない距離を泳ぎ、雨の中を十二キロ突っ走る。こんな真似が、十二歳の少年にほんとうにできるだろうか。

光が、いきなり襲ってきた。なにか、物体を車の中に叩きつけられたような気がした。ヘッドライト。佐野が、左にハンドルを切っていた。シートベルトが肩に食いこむ。

また、光だ。

突っ走った。佐野は、一度もハンドルを切ろうとしなかった。むこうのライトが、左にそれた。一瞬、光の中に黒い車体が浮かびあがり、後方に消えた。

「二台だな」

「三台、ですよ。横の道から、もう一台飛び出してきました」

「たまげた」

「なにがです？」

「俺は君が、眩しくて眼をつぶってたのかと思ったよ。大したクソ度胸だ」

「ぼくの掌を、触らしてあげたいですね。まるで水に突っこんだみたいだ」

竜太は黙っていた。しかし眼は開けている。それでいいんだ、口には出さなかった。

リアウインドを、ライトが射抜いてきた。

28　勇気への道

佐野は、温泉街の広い道を一周するような感じで走っていた。時々、目まぐるしくハンドルを切って路地を縫う。そしてまた、もとの道に出る。

「どういう気だ。街ん中でカーレースでもやるつもりかね？」

「あなたは、黙って」

「二台は、この街の地理を知らない。こいつは確かです。行き止まりの路地に突っこんだりしましたから。もう一台は、まだ確かめてません」

「だから？」

「街の地理を知らなきゃ、山の方はなおさら知らないでしょう」

私は笑った。煙草に火をつけた。佐野に任せていればいいようだ。

「旅館の若旦那にゃむかんな」

「むいてる、と自分じゃ思ってるんですがね」

「俺は、医者にむいてなかった。最初はむいてると思ってたのにな」

「無駄口は利かないでください。新藤さんは、意外にお喋りなんだ。ぼくは三台の車に追われながら、雨の中を運転しているんです」

三台が、距離を詰めてきた。躰に、ぐんと加速感を感じた。距離は、縮まらない。私は後ろをむき、前をむき、それを何度もくり返した。時々、スリップするのか、車が安定を失った。視界が狭くなる。速度計が、八十の前後で振れている。右カーブ。シートベルトが脇腹に食いこむ。

速過ぎる。言おうとした。躰が前にのめった。次の瞬間、路地に突っこんだ。『桜貝』のある路地だった。戸口に出されたポリバケツを弾き飛ばした。車幅ぎりぎりだ。

河沿いの散策路に出た。柳の幹にボディを擦りつける。ここも狭い道だ。スリップすると、河に飛びこみかねなかった。後ろの車との距離は、かなり開いている。

「三台とも、地理は知りませんね」

「どこでって、運転を習った？」

「どこでって、自分で覚えただけですよ。二年前までは、二輪を転がしてたんです」

「見かけによらんもんだな」

「荒っぽい連中の仲間じゃありませんでした。もっぱらオフ・ロードで、泥まみれになってただけですよ」

河沿いを走り抜け、広い通りに飛び出した。ライトは、なかなか現われなかった。

「二輪ってのは、怕いもんかい？」

「そりゃね、そばを走ってるやつと、ちょっと接触すりゃ倒れます。ライダーは大砲の弾みたいに吹っ飛んでね」

「四輪は、おもちゃみたいなもんか？」

「二輪が、おもちゃですよ。だから面白い。危ない真似もしてみたくなる」

横から、無灯火の車がいきなり飛び出してきた。車体に、衝撃が走った。ぶつかってはいない。急なハンドルを切ると、横っ腹にぶっつけられたような衝撃があるようだ。

「あいつは、江原のソアラですよ」

「江原？　そうか、会社の車だったってわけか」

「下山は、ベンツです。それも会社の車だけど、誰も乗れないんです。出張の時は、走行距離をメモして行くという噂がありました」

「あいつなら、やりそうなことだ」

　家並が途切れてきた。雑木林。山にむかっているようだ。佐野が舌打ちをした。前方を、車が塞いでいる。

「さっきのソアラも入れて、追ってくるのが四台、前に一台か」

「どうしましょう？」

「車は、君に任せてある。運転だって、俺よりずっとうまいしな」

「無理ですね」

　佐野が車を脇道に入れた。停止。バック。方向を変えた。前から、無数の光が襲ってきた。ライトが四つ。しかし、無数に見える。思わず、眼を閉じた。ぶつかった。衝撃は大きくなかった。左のライトが毀れ、サイドミラーが吹っ飛んだくらいだ。

　佐野が、また車を停めた。バックして雑木林の中に尻を突っこみ、強引に方向を変える。突っ走った。こちらの動きに、相手は戸惑ったようだ。対応が、ひと呼吸遅れていた。ぶつかった車は停まったままだったし、道を塞いでいた車は動き出していた。

　停まっている車の脇をすり抜け、こちらにむかっている車と鼻をつき合わせた。そう思ったのは一瞬だった。左をむき、すぐに右にむいた車は、相手の脇腹を擦りながら通り抜けていた。

前方を塞ぐものは、もうなかった。スピードがあがった。

「なんで、黙ってるんです？」

「見とれてた、君の運転に」

「喋ってください、なにか。ぼくは、怕いから喋ってたんです」

「無駄口は利くな、と言わなかったか？」

「なに喋ったか、覚えてませんよ」

「もっと優雅に運転してくれ」

「これでも、上品にやってるつもりです」

後ろの席を見た。

竜太は、躰を丸めるようにして、じっと前方を睨んでいた。レース前の短距離選手のようだ。

「どこで、竜太を降ろす」

「もうすぐです。林道に入ります。そいつを抜けて、もう一本の道に入った時」

「大丈夫だろうな？」

「地理のことを言ってるんですか？　新藤さんが走るより、ずっと確実ですよ」

林道に入った。未舗装のひどい道だ。跳ねる。車が跳ね、ちょっとタイミングが遅れて躰も跳ねる。

「竜太」

私はふりむいた。竜太の眼が、闇の中で白く光った。

「腰を抜かして走れん、ということはないだろうな？」

「わかりません」

竜太の眼は、前方の闇の一点を見つめているようだ。白く光り続けている。

「安井に、帳簿だけ取りあげられるなよ。必ず、おまえの親父の釈放と引き換えだ」

「わかってます」

車輪が、ぬかるみに嵌（は）まりこんだ。空転。後ろからは、まだ追ってこない。

「待てよ。俺が押してみる」

飛び出した。雨が顔を打った。トランクの角に手をかけ、押した。もうちょっとだ。力が足りない。

リアウインドを拳で叩いた。

「手伝え、竜太」

竜太が飛び出してくる。二人並んでトランクに手をかけ、声を出した。タイヤの唸（うな）り。二度目で、車輪はぬかるみから脱（ぬ）けた。

「急いで」

佐野が叫ぶ。後方にライトが迫っていた。雑木林が、燃えているように明るい。

「やつら、あそこで車輪を落とすさ」

「そう願いたいですね。竜太くんが降りるところは、見られたくない」

車が跳ねた。シートベルトをはずしていた私は、天井にしたたか頭をぶっつけた。

「今度、いまみたいに跳ねさせたら」

頭を押さえながら、私はふりむいた。竜太も、頭を押さえていた。

「君の頭のてっぺんに、一発食らわせるぞ」

「道を、ぶん殴ってくださいよ」

ぬかるみに落ちた。しかしすぐに脱けた。佐野が息を吐いた。

雑木林が、途切れた。道。不意に、車輪が路面に吸い着いたように、車体が安定した。

舗装路だ。

「もうすぐです」

私はふりかえった。後方にまだライトが見えないことを確かめ、竜太に眼を移した。

さっきと同じ恰好(かっこう)だった。走れるだけ、走れ。それで血を吐いて倒れれば、負けという
ことだ。負けたところで、恥じることはない。血を吐いて倒れるまで走れば、恥じるこ
とはない。

「おまえに、ちょっとでも性根があるなら、走れるはずだ。躰で走るんじゃない。気持で走るんだ」

かすかに、竜太が頷いたような気がした。しかし、はっきりは見えない。

佐野が、車を停めた。

竜太は動かなかった。佐野がふりかえり、唇を動かしかけた。竜太は、ふるえていた。

「病気じゃないんですか？」

「ちがう」

私は竜太の額に触れて言った。手首を握ってみる。脈が速い。

「びびってるだけだ。小便をチビるかもしれんぞ」

竜太が、上体を起こした。眼が、闇の中でまだ白く光っている。

「俺が行こう。こんな腰抜けは、どうせ途中でくたばるに決まってる」

「行きます」

竜太が言う。だが動かない。

「おまえの親父はな、いま、出たがってる。何日かあとじゃなく、いまなんだ。絶対に出なけりゃならんわけがあるのさ。だから俺は、こんな無茶をしてる」

「行きます」

竜太は動かない。

「大事な友だちが、なにもかも投げ捨てて、やろうとしてることがある。俺は、やらせてやろうという方を選んだ。おまえもそうだと思ったが、なにも選んじゃいない。恰好をつけて、行くと言っただけだ。帳簿を出せ、早く。おまえみたいな腰抜けに、任せられることじゃない」

不意に、竜太が雨の中に飛び出して行った。その姿は、林の小径に入り、闇に吸いこまれていった。

佐野が車を出す。林道から出てくるライトが見えた。

「なんで、怕がったんでしょう？」

「ひとりだったからさ」

「沖の島から浜まで、泳いだんでしょう。それも夜で、結構荒れた海だった。ぼくにゃできなかったな」

「あの時は、残っているのも同じくらい怕かったはずだ。それに、ひとりじゃなかった。俺に付いてきたんだ。途中で離れてからは必死だったろうが、最初はひとりじゃなかった。いまみたいに、ひとりで飛び出して行ったわけじゃないんだ」

「大丈夫、でしょうか？」

「一旦、飛び出せばな。臆病者かそうでないか、決まるのは一瞬だ。はずみみたいなもんだ。臆病者の道を選んだら、それこそずるずると一生臆病者の道を歩くのさ」

「一緒に来て、よかったですよ。ぼくも、はずみでした」

佐野が笑った。かなりスピードをあげている。

29 逃走

道が登りになった。

雨を衝(つ)いて、スカイラインが唸る。濡れた路面、雑木林。見えるのはそれだけだ。センターラインもない道だった。

「できたばかりの、農道なんですよ。舗装した農道だって、新聞の地方版に出たこともあるんです」

「畑や田圃(たんぼ)は見えんがな」

「結構あるんですよ。道が、林の中を通ってるってだけのことです」

ヘッドライトは、ひとつしか点(つ)かない。フロントグラスが割れなかったのが、せめてもの幸いだった。雨に打たれて突っ走るのはぞっとしない。

「さっきの道は？」

「山を縫ってる小径です。人ひとりがやっと通れるくらいで、距離も長くなるけど、車じゃ追いかけられない。美保町の裏に出るんですよ」

私は煙草をくわえた。佐野が、一本寄越せと合図する。火のついたものを、口にくわえさせた。いまは、この男が執刀医みたいなものだ。汗を拭けと言われれば、私は拭かなければならない。

「竜太くんは、あの径を一度歩いてるんですよ。夏休みに社長と一緒に」

「キャンプか？」

「社長には、めずらしいことでした」

ライトが迫ってきた。佐野が慌てている様子はない。八十五キロ。いくら対向車がいないといっても、気違い沙汰のスピードだ。

銃声が、追いかけてきた。間を置いて二発。それからもう一発。

「バックファイヤーでしょう」

「銃声だ」

「バックファイヤーだったと思いましょうよ」

「君がそう言うなら、バックファイヤーだ」

「音楽、でもかけませんか？　ジャズのテープを突っこんでください」

言われた通りにした。佐野の額には、びっしり汗が浮いている。道が直線になったのを見澄まして、私は素速くハンカチで拭った。

「行進曲でもありゃいいんだけど」

聴き慣れない曲だった。途中でひっかかったりしている。

「ぼく、二年前までバンドやってましてね。その練習を録音したもんです。もっといいやつがあるんだがな」

「音楽より、運転がうまいじゃないか」

「すぐ潰れたけど、『シーハイル』ってバンドだった。スキーの同好会みたいでしょ」

平坦な道になった。両側に畑が拡がっていた。畑の中に、佐野が車を乗り入れた。いや、畑ではなく、畑の中の道だった。舗装はない。

「大学で、オートバイやって、ジャズやって、女の子と遊んで」

「おい、気をつけろよ」

「大丈夫。この道は真直ぐなんです。飛ばした方が、ぬかるみにタイヤとられずに済む」

車体が跳ねた。畑の中を突っ切り、別の道に出た。後ろと、ちょっと距離が開いた。

「ちくしょう、なんて下手くそなんだ」

「なにが?」

「ベースですよ。こいつのおかげで、いつもどっか狂っちまう」

「なにやってる?」

「なにって?」

「その下手くそなベースは、いまなにやってんだ?」

「ああ、公務員。役所の窓口に坐ってるのがお似合いの男なんです」

「むこうも、君のことをそう言ってるかもな」

舗装はなかった。緩い下りだ。曲がりくねった道なので、ライトは見えない。ブレーキが軋んだ。泥水がフロントグラスにぶつかってきた。それもすぐ、雨で洗い流される。

「いつまで、こうやってんですか？」

「明るくなるまでだ」

「そしたら？」

「それで終りだ。竜太が美保署に着けばの話だが」

「あと五時間はあるかな」

「四時間半だ」

「どうして、明るくなったら終りなんです？」

道が平坦になり、登りになった。尾根のようなところを走っているらしい。

「連中は、金で雇われてる」

私は後ろを見た。ライトが一瞬樹間を掠めるのが見えた。

「朝になりゃ、下山を見かぎるな」

「ほんとに？」

「金で雇われた連中ってのは、そんなもんじゃないのか。ほんとの危険は避けて通る」

「朝になりゃ、みんな起きてくる。警察も異常を知る。そういうことですか？」

「連中だけじゃない。下山観光のチンピラどもも、社長を見かぎるぞ」

「そうなることを、祈ってますよ」

また、ベースがヘマをやった。佐野の舌打ち、私はもう一度、佐野の額をハンカチで拭った。私のハンカチではない。借りた坂口の服のポケットに入っていたのだ。

「詰められたぞ」

「みたいですね。ソアラを運転してるやつは、ひどくうまい」

二十メートルから三十メートル。自分の足で走っているような気がしてきた。詰められる。もっと早く走ろうとするが、足が動かない。息もあがってくる。後ろを走っているやつの足音が聞える。

マラソンの経験など、私にはなかった。それでも、追いつかれかけている時のいやな気分が、なんとなくわかった。

「ビール、飲みたくないですか？」

「冷えたやつをな」

「いいだろうな。なんで、こんな時ビールのことなんか考えてんだ」

道が、また下りになった。そこで、一気に十メートルは詰められた。

時々、リアウインドから光が射しこんでくる。佐野の頭が、横顔が、くっきりと闇の中に浮かんでくる。

「あいつに、ベースなんかやらせるんじゃなかった」

「下手くそな演奏ってのも、結構味があるもんだぜ」

「大阪の大学だったんですよ、ぼく。東京だったらな」

バックファイヤーが聞えた。バックファイヤーだ。

「どこにも、下手くそはいるぜ」

「ドラ息子でね、そいつの家を練習に使えたんです」

フロントグラスを泥水が塞いだ。ワイパーと雨。視界が塞がったのは一瞬だったが、
車は道からはずれそうになっていた。

「追いつかれる」

喘ぐように言う佐野の額の汗を私は拭った。手術の時、私はいつも汗を拭かれる方だった。水田陽子の六時間の手術の時は、最初から汗のかき通しだった。そのくせ、終っても水を飲みたいとは思わなかった。

「勝負、しますよ」

ライトは、すぐ後方に迫っていた。

「いいですか？」

「車は君に任せてある」

「狭い林道です。多分、途中までしか行けないでしょう」

「連中の車だって、途中までだろう」

佐野が低い声を出した。車は脇道に突っこんでいた。後ろの車は曲がりきれず脇道を行き過ぎた。距離は、それほど近くなっていた。

「焦るな、連中はもたついてる」

ひどい道だった。下生えの草が道にまではびこり、わずかに轍が残っているだけだ。草原の中を突っ走っているような感じだった。

「廃道なんですよ。新しい農道ができて、誰も使わなくなった道なんだ」

緩い下りだった。丈の高い草が車体を打った。ふりかえると、樹間と草の間にライトが見え隠れしていた。距離はかなりある。連中も飛ばせはしないようだ。

「これを真直ぐ行くと、どこへ出るんだ」

「美保温泉の山ひとつ裏に小さな村がありましてね、そこに出ます。バスが出てるでしょう」

「街へ戻る恰好になるな」

「まずいですか?」

「いや、どうせ朝には街へ帰らなくちゃならん」

「だけど、村まで行けませんよ、このぶんじゃ」

「そんな感じだな、ひどい道だ」

「まだましでしょう。台風で崩れたところがあるって話を聞きました」

「連中、諦めてくれるといいんだがな」

片眼のライトは、眼前の伸びた草を照らし出すだけだった。視界はきかない。前になにがあるかもわからない。とにかく走るだけだった。

私は煙草をくわえた。佐野にくわえさせようとすると、首を振った。

「気持が悪いんです」

「運転、代わろうか？」

「いや、車に乗っている間は、俺がボスでしょう。もうちょっと、ボスでいたい」

私は煙を吐いた。竜太はどこまで走ったのか。途中でぶっ倒れていれば、佐野の頑張りも徒労ということになる。いや、佐野にとっては徒労ではないかもしれない。

この街へ来て何日経ったのか、私は指を折ってみた。途中から定かでなくなる。

じっとしていると、眠気が波状的に襲ってきた。目蓋が落ちてきそうになる。煙草を喫った。

いつの間にか、テープが終っている。佐野はそれに気づいていないようだ。

不意に、車が左に傾いた。私はとっさに足を突っ張った。ブレーキの音。横に滑っていく。佐野が叫んだ。衝撃があった。世界が横たわった。

道の崩れたところを横滑りに落ち、木立ちにぶつかって止まったようだ。車は横倒しになっていた。倒れたまま木にひっかかって、車体は安定している。

「そっちから出ろ。俺の方からは無理だ」

二人ともシートベルトを締めていた。いまは、それが躰を支えていた。私はベルトを解き、重力に従ってそろりと足をついた。靴の下でウインドのガラスが割れた。その下は土だった。

「俺の背中を踏み台にして、這い出してくれ。君が出ないことにゃ、俺も出られん」

佐野の足が背中に触れた。一瞬、雨の中にクラクションが鳴り響いた。佐野は、ドアを持ちあげようとして、苦労しているようだ。シートの端に手をつき、私は曲げていた膝を少しずつ伸ばした。

ドアが開いたようだ。背中にかかっていた体重がすっと消えた。雨が吹きこんでくる。車体が揺れた。飛び降りたようだ。

私は完全に膝と腰を伸ばし、雨の中に頭を出した。

道の方に、ライトが見えた。懐中電灯の明りもいくつか見える。車は二台、ほかの連中は途中で落伍したのか。まさか、竜太を追ったということはないだろう。

外に這い出し、地面にむかって飛び降りた。佐野が、まだうずくまっていた。

「おい、急げ、連中は上まで来てる」

「歩けません。足を挫いちまった。飛び降りた時にひねったんです」

「とにかく、ここはまずい」

私は佐野を抱え起こした。佐野が低い呻きをあげる。

滑るように斜面を降り、林の中に紛れこんだ。佐野が荒い息をしていた。懐中電灯の明りが樹の間に見える。近づいてくる。呼び交わす声も聞える。

「我慢しろ、もうちょっと下に降りるぞ」

「置いてってください。ひどく痛い」

「痛けりゃ死なん。そんなもんだ」

佐野の脇の下に手を回し、なんとか立たせた。ほとんど引き摺るようにして、私は草の中をさらに十メートルほど降りた。

佐野が、木の幹に抱きついた。肩で息をしているようだ。雨の中でも、息遣いがはっきり聞えた。

「駄目だ。ぼくはもう動きたくない」

「弱音を吐くな。連中、そこまで来てるぞ」

「たまんないんですよ、痛くて。気持も悪い。ひどく気持が悪くなってきた」

骨折かもしれない。脚の骨となると、肋骨と同じというわけにはいかなかった。私は佐野の肩を抱き寄せ、脇腹に拳を叩きこんだ。くずおれようとする佐野の躰を、そのまま肩に担ぎあげる。

声と光が近づいてくる。私はさらに下へ降りた。右手で佐野の腿を抱えこみ、左手で闇を探った。木につかまりながら、なんとか降りることはできた。

傾斜が、急になった。立っていられない。腰を落とそうとした時、滑った。どうしようもなかった。佐野ともつれ合うように、転がり落ちた。頭が下になり、横になった。木にぶつかれば、それこそ背骨でも折りかねない。運を天に任せた。長い時間、滑り落ちているような気がした。

尻のあたりが、なにかにぶつかった。大した衝撃ではなかった。思ったほど、落ちる勢いはなかったのだろう。起きあがろうとした私の上に、佐野が落ちてきた。その方がこたえた。

大きく息をする。牛にでもぶつかってこられたような感じだった。佐野は、私の上に乗ったままだ。なんとか、押しのけた。傾斜がかなり緩やかになっているようだ。それで助かったのだろう。

「どうしたんですか？」

佐野が気づいて言った。

「滑り台を滑ってたんだ」

私は佐野の上体を抱き起こした。私が尻をぶっつけたのは、ひと抱えもある大木の根かただった。

「俺は木にぶつかったが、君は俺の上に滑り落ちてきた」

「なんだか、新藤さんにぶん殴られたような気がするがな」

「足、どうだ？」

佐野が足に触っている気配がある。

「痛いな、やっぱり。でも、気持が悪いのは治ったみたいです」

私は佐野を立たせた。もうちょっと、逃げておいた方が無難だろう。どれくらいの距離を滑り落ちたのか、まったくわからない。闇の中だった。闇は、人間の感覚を大きく狂わせる。

歩くと、佐野はかすかな呻きをあげた。

「足首の近くです。よくわからないけど、つくと痛い」

私は背中を出した。担ぐより、背負う方が楽だ。佐野が両手で私にしがみついていれば、私も両手を使える。

降りた。斜面が、すぐ平坦になった。小さな流れがある。渓流なのか、雨水が集まっているだけなのか、よくわからなかった。

とにかく、その流れを辿った。水は低い方へ流れていく。

雨は、いくらか小降りになったようだ。もうすっかり濡れそぼっている躰には、そんなことはどうでもよかった。

「何時、ですか？」

「わからん。君は時計は？」

「持ってましたが」

滑り落ちる途中ででもなくしたのか。空は暗かった。まだどこにも夜明けの気配はない。一歩ずつ、踏みしめながら歩いた。もう、どこかに滑り落ちるのはごめんだった。流れが、いくらか大きくなった。この雨だ。渓流なのかどうかは、まだわからない。しかし、流れの中は足をとられるものがあまりなく、歩きやすかった。

一時間も、そうやって歩いただろうか。

私は、流れに突き出した岩に腹をぶっつけた。そのまま両手をつき、躰を回して、佐野を岩の上に降ろした。腰を伸ばす。背筋がバリバリと音をたてた。

「連中、諦めたみたいですね」

「滑り台のおかげだ。あれで連中を引き離しちまった。足は？」

「痛いですよ。ブラブラさせただけでも、痛くて我慢できないくらいだった」

私はしゃがみこみ、佐野の靴を脱がせた。見えない。触れてみるだけだ。踝のあたりが腫れて、熱を持っている。私は佐野の腿の下に手を入れてちょっと持ちあげ、拳で軽く膝を叩いた。

佐野が低く呻く。

「骨折だ。足首の上のあたりだろうな」

「わかるんですか？」

「膝を叩いて痛くなけりゃ、捻挫さ」

　足首だとしたら、副え木はあまり効果がない。むしろ、布かなにかできつく固定することだ。繃帯などなかった。しばらく考え、私は上着を脱いだ。

「煙草、ありますか？」

「あるが、駄目だろう。濡れちまってるよ。マッチもな」

「ぼく、ライターを持ってます」

　佐野が上着のポケットを探っている気配がした。電子ライターの硬い音。何度かくりかえされた。一瞬、小さな炎が点いて消えた。

「風と雨をなんとかすりゃ、ライターはつくと思います」

「待ってろ」

　私は岩に置いた上着から煙草を探り出し、二、三本出してみた。全部水を吸っていた。封を切ってないのがある、ふと思いついた。内ポケットを探る。ぺしゃんこになっているが、中身は濡れていないようだ。

「ライターを貸せ」

　私は上着を頭から被り、煙草をくわえた。根気よく、何度もライターを鳴らした。青く細い条が見える。ボッと火がついた。私の掌が見えた。素速く煙草に火をつけた。もう一本つけようと動いた時、ライターが消えた。私は火のついた煙草を掌で庇い、佐野に一本くわえさせると、その火を近づけた。闇の中に、赤い点が二つになった。

「うまいな。煙が見えなきゃ煙草はうまくないって言うけど、こいつはうまいな。そう思いませんか？」

「思うよ」

「ぼくは、殺されなかった。そうでしょう？」

「もう大丈夫だろう。あとは、どうやって美保温泉に帰るかだ」

朝になれば、道路を封鎖しているわけにはいかない。街から出かける人間も、やってくる人間もいる。停電や電話の不通も修復されるだろう。下山との勝負は、明るくなった時点で、タイム・アウトだ。

「殺されなかったけど、最後は新藤さんの背中ってのは、やっぱり恰好悪いな」

「最初は、俺が君の車に乗ってた。お互いさまじゃないか」

煙草が短くなった。もう一本喫いたい、と思った。見つからなかった。岩の上に置いたはずだが、手で探っても触れてこない。私は指さきが熱くなるまで煙草を喫い、水の中に捨てた。雨が、ずいぶん小降りになっていることに気づいた。

裸になった。歯で、シャツをいくつにも引き裂いた。応急の繃帯代りだ。佐野の足首をきつく締めあげる。何重にも、力をこめて締めあげた。

「痛いか？」

「多少はね」

「ギプスで固定するまで、我慢するんだな」

「松葉杖か。宮坂みたいだな」

あの男はどうしたかな、ふと思った。大人しく沖縄に帰るようなタイプには見えない。

「とにかく、道を捜そう。こんなとこにいたって、どうにもならん」

私は素肌の上に上着を着こんだ。裸は危ない。まだ闇で、どこで転ぶか知れたものではなかった。

佐野に肩を貸した。足をつくと、やはりひどく痛むようだ。途中から、もう一度背負った。その方が早い。

流れが、大きな流れに注ぎこんでいた。やはり渓流だ。知らぬ間に、明るさが滲み出している。背中で、佐野が笑った。

「どうした？」

「このさきは、村ですよ。川に沿って小さな道があるでしょう。そこを真直ぐ行くと、道路に出ます」

「ほんとかね？」

「一度、茸を採りにきたことがあるんですよ。よく憶えてます」

「でたらめだったら、川に放りこむぞ」

三十分ほど、歩き続けた。雨はすっかりあがっていた。霧が流れている。それをはっきり見分けることができる明るさだった。

「晴れますよ、きっと」

「どっちでもいい。俺は早く、君に背中から降りて貰いたい」

道があった。舗装はされていないが、広い道だった。

「言った通りでしょう」

「村はどっちだ？」

「右。ここから歩いて一時間ってとこでしょう」

「一時間だと。ちくしょう」

下りの泥道を一時間も歩くのは、もううんざりだった。背中には大きな荷物だ。

だが、十分か二十分歩いたくらいだった。

軽トラックがやってきた。

「どうしたんだね、一体？」

運転しているのは、初老の坊主頭の男だった。農夫特有の、ふしくれ立った手をしていた。

「事故起こしてな。山ん中さ。こいつが怪我してる」

「村にゃ、病院はねえぞ」

「美保温泉までだ。乗せて貰えんかな？」

「待ってな。車を回す」

軽トラックがUターンしてきた。

私は、荷台に佐野を放り出した。

「俺は助手席だ」

「ぼくは怪我人なのに」

「だからさ。そこで寝てろ」

助手席に乗りこんだ。男は事故の様子を訊きたがった。私は、スリップして谷に落ちたのだとだけ言った。

「停電、あったかね？」

「いや、ねえよ、そんなもん」

「ひどい雨だったろう」

停電は美保温泉だけだったらしい。

「ひどいといやひどいが、あんなんで停電したんじゃな」

村に入った。もう人の姿はあった。私は男の腕時計に眼をやった。六時半。七時前には、美保温泉に着けるかもしれない。

村からは、舗装路だった。

30 仔犬

かすかな陽が射しはじめている。

まったく気紛れな空だ。

海が見えた。美保温泉の、ホテルや旅館の建物も見えてきた。遠くから見ると、きれいな街だ。

佐野が窓ガラスを叩いた。私はガラスを降ろし、首を出した。

「大丈夫ですかね？」

「多分な」

「頼りないな。連中がいたらどうします？」

「たとえいても、俺たちは帳簿を持ってない」

「じゃ、このまま？」

「君は重たいからな。見かけよりずっと重たい。このまま乗せてって貰おうじゃないか」

対向車がきた。何事もなく擦れ違っていった。

「なんだね？」

男が言う。

「足がさ、もう痛くないんだそうだ。病院じゃなく『潮鳴荘』って旅館の前へやってくれ」

「坂口さんとこかい？」

「知ってるのか？」

「山菜を買って貰ってる。いいものなら、あそこだけは買ってくれるんだ。下山観光がのさばり出してから、ほかの旅館じゃあまり買わなくなった」

「忙しくなるぜ」

「なにが？」

「注文が殺到するってことさ。ほんとにいいものならな」

「下山がいたんじゃな。坂口さんは、下山を刺そうとして刑務所に入れられたっていうじゃねえか」

「留置場だ。刑務所じゃない」

街に入った。濡れた路面が、昨夜からの雨を感じさせるだけだった。ほかに変わったところはどこにもない。ふだん通り人は道を歩いているし、旅館はもう玄関を開けている。

軽トラックが停まった。

「いらねえよ。『潮鳴荘』のお客さんから金なんて貰えねえ」

礼を出そうとした私に、男が言った。私はトラックを降り、荷台に回って背中を差し出した。

「肩を貸してください。歩きますよ。ちょっと見栄を張りたいんでね」

「ずっと見栄を張ってくれりゃ、俺は楽だったんだがな」

「骨折ですよ。医者が言うんだから確かでしょう」

肩を貸した。佐野の顔が歪んだ。それでも、一歩ずつゆっくりと足を運ぶ。

老人が玄関から飛び出してきた。

「どうしたんだ、佐野？」

「転んじゃいましてね」

番頭らしい。私は佐野を番頭に任せた。本館の玄関に、照子が立っていた。

「竜太は？」

照子が首を振る。

「電話は通じてるんですか？」

「電気だけです。電話は、いま修理中らしいですわ」

「待つしかないな。佐野を頼みます。足首を骨折してるんで、着替えたら病院に運ばせてください」

私は、新館の自分の部屋に戻った。

私が、この街に来た時に着ていたものが、きれいに洗って置いてあった。ズタズタだったスエードのジャケットも、繕ってある。

風呂で湯を浴びた。擦り傷だらけだった。湯がしみる。竜太は、美保町へ着いたのか。気にしたところで、いまさらどうしようもなかった。

風呂から出て服を着た。客が起きはじめる時間だ。旅館の中は、わさわさと活気づいている。

本館のロビーに行った。

早立ちの客が、帳場で料金を払っていた。佐野の姿はない。

七時二十三分。

頭の中で、時間を計算した。どう考えても、遅過ぎる。やはり無理だったのか。私が、美保署へ行くべきだったのか。

帳場へ行った。

照子は、無表情で勘定書を書きこんでいた。繃帯がとれている。右手だけだ。まだ完治していないのは、掌の色を見ればわかる。直になにかに触れれば、痛いはずだ。

「美保署に行こうと思うんですが」

照子が顔をあげた。私は繃帯を見ないふりをした。煙草の封を切り、一本くわえる。

「私は、待ちますわ。必ず行くと、あの子は言いました」

「しかし」

「待つしかないんじゃありませんの？」

「いいんですね、それで？」

照子が頷く。私はマッチを擦って煙草に火をつけ、ロビーに出た。

下山も、待っているだろう。ひとりで、待っているにちがいない。脱税容疑による逮捕、一年間の懲役。覚悟を決めれば、大したことではない。

ソファに腰を降ろした。

玄関の前に、見覚えのある車が滑りこんできた。安井。私は立ちあがった。助手席にいるのは、毛布で包まれた竜太だった。

「よう」

安井は暢気（のんき）な声を出した。竜太が車を降り、玄関に入ってきて私を見あげた。しっかりした眼だ。

「確かに受け取った」

安井が言った。私は竜太の眼を見ていた。

「おかあさんが、待ってるぜ」

かすかに、竜太が頷く。私の後ろに、照子が立っていた。

「朝早く、あの坊主が泥まみれで飛びこんできた。たまげたぜ。無茶をやらせるもんだ」

「事情は？」

「聴いたよ。それで急いで来たが、下山は動いてないじゃないか」

「いまさら、どう動くってんだ」

「まあ、電話が不通で、俺も焦ったのさ」

「坂口はどうした？」

安井が靴を脱ぎ、ロビーのソファに腰を降ろした。煙草に黒漆のデュポンで火をつける。

「釈放だ。ちょっとした手続きが終ったら、帰ってくるはずだよ」

「下山の逮捕状は？」

「そいつはまだだ。帳簿を検討して、令状を取るまでに、一両日ってとこかな。それより、坊主は風邪(かぜ)をひいてるみたいだぞ。おまえさん、医者ならみてやれ」

竜太は、毛布にくるまったまま椅子に腰を降ろしていた。私は額に掌を当てた。熱が高い。それから呼吸性の不整脈。眼はしっかりしている。ただの風邪だ。

「ごめんなさい」

　竜太が言った。

「道に迷ったんです。一度歩いたことがあるのに、暗くて迷っちゃった」

「親父には、会ったのか？」

「大変だったぞ」

　安井が口を挟む。

「親父を出すまで帳簿を渡せんと頑張りやがるんだ。頭から足のさきまで泥だらけの恰好でだぞ。俺がそんなに信用できなかったのかね、先生」

「会ったのか？」

　竜太が頷いた。

「レモンをありがとう、と伝えてくれと言ってました」

「おまえには、なにも言わなかったのか？」

「おかあさんを大事にしてくれって」

「おふくろを大事にしろだと。おい、それじゃまるで」

　安井が立ちあがりながら言う。

「それだけ、だったんだな」

「ぼくは、ほめて貰いました。よく走ってきたって」

「元気そうだったか？」

「髭が伸びてました」

私はもう一度、竜太の脈を取った。やはり軽い呼吸性の不整脈。疲労と熱によるものだろう。子供にはよくあることだ。

「安井の旦那。坂口が釈放される時間は？」

「もう出てる。そろそろここに戻ってくるんじゃないか」

「なぜ、一緒に来なかった？」

「坂口が、坊主を連れて先に行ってくれと言った。釈放にゃ、ちょっとした手続きとか、所持品の返還とかあるんでね」

「もう、帰ってくるんだな」

「ああ」

私は竜太の肩に手をやった。

「休むのはあとだ。親父さんを迎えに行くぞ」

「はい」

私は、玄関に並んだ下駄を履いた。竜太が付いてきた。安井が私を見た。私は眼を合わせなかった。

「奥さんは？」

「待ちますわ、ここで」

「そう、そうだな。その方がいいかもしれん」

私は外に出ようとした。

「新藤さん」

背中に声をかけられた。

「竜太を、どうかよろしく」

私は外に出た。陽が差していた。濡れた路面も、もう乾いている。毛布を躰に巻きつけたまま、竜太は付いてきた。

バス・ターミナルのところまで歩いた。タクシーが来た。私たちのそばを通り過ぎて、停まった。

紺のストライプのスーツを着た坂口が降りてきた。三か月前より痩せていた。顔の半分を覆った不精髭が、いっそうやつれた顔に見せていた。

眼が、合った。

長い時間だったような気がした。一瞬だったような気もした。かすかに、坂口が頷く。私も頷き返した。

坂口が歩き出した。擦れ違いざまに、竜太の頭をポンとひとつ叩いた。私は、坂口と擦れ違った時の、かすかな風を感じていた。

明るい陽差しの中を、坂口が早足で歩いていく。二、三人が、ふりかえって坂口を見た。

坂口は、下山観光ホテルの手前で立ち止まった。若い男が、ホテルの中へ飛びこんでいった。坂口は立ち尽したまま、動かなかった。

竜太が、躰をふるわせはじめた。熱のせいではない。竜太は知っている。坂口がなにをやる気か、知っている。

玄関から、下山が出てきた。二人は、しばらく睨(にら)み合っていた。

「俺は刑を受ける。なあ、坂口、俺は刑務所へ行く決心をしたからよ、だから」

坂口が踏み出す。二歩。三歩目で、下山が退(さが)りはじめた。坂口は、どんどんと下山に近づいていく。下山の顔が歪んだ。

下山が、内ポケットに手を入れた。

爆(は)ぜるような音が、二つ続いた。坂口の躰が、一度ぐらりと揺れた。それから、また歩きはじめた。下山が叫んだ。叫びながら、拳銃(けんじゅう)を撃ち続けた。

坂口はもう倒れていた。竜太が、私の腕を摑(つか)んだ。手が痙攣(けいれん)したようにふるえている。

「よく見ろ」

私は言った。

「おまえの親父が、どんなふうにくたばったか、よく見ておけ」

竜太が首を振る。私は、頬をひとつ張り飛ばした。強く閉ざされていた竜太の眼が、開いた。

「忘れないように、よく見ておけ。そして、親父がなんでこんなふうにくたばったか、いつかおかあさんに話して貰え」

私は、竜太を残して坂口に歩み寄った。下駄が、うつろな音をたてた。

坂口は眼を開いていた。脈はない。紺のスーツが、血で汚れていた。私は坂口の眼に指で目蓋を被せた。

「下山大志」

緊張した声がした。駐在所の巡査だった。安井は巡査の後ろに立っている。じっと、坂口を見ていた。人が集まりはじめている。その人波に逆らうように、毛布を肩にかけた竜太が、ゆっくりと歩いていた。『潮鳴荘』の方にむかっている。

安井が近づいてきた。私は竜太の後姿にやっていた視線を、安井に移した。

「なにか、これでいい理由があったのか?」

「さあね」

「あったんだろう?」

「言ってもどうしようもないことさ」

私は歩きはじめた。安井は、下山には見むきもしなかった。私と肩を並べて歩いてくる。

「これで、下山の野郎は十年は食らう。ほかにも余罪が出るはずだから、どれくらいの刑期かは見当もつかん」

煙草をくわえ、火をつけようとして、安井は黒漆のデュポンを投げ捨てた。そのまま、火のついていない煙草をくわえている。

「あんな下種（げす）野郎のために、命を落としていい理由ってのは、なんだ？　え、先生、君は最初から知ってたんだろう？」

安井が煙草を路面に叩きつけた。

「まあ、いい。君も、奥さんも、あの坊主まで、これでいいと思ってるみたいだからな」

私は立ち止まった。煙草をくわえ、マッチで火をつけた。安井も手を出してくる。私は、箱ごとマッチを渡した。

「ところで、あの帳簿だがね」

煙を吐きながら安井が言う。

「帳簿だけだったぞ。借用証はなかった」

「あれはなくした。泳いでる時にな」

嘘（うそ）だった。ポケットの中で、私は安井の借用証を握り潰した。

「やけに眩しいな。俺も歳だ。眼を大事にした方がいい。サングラスでも買うとするか」

「慣れりゃ、あんたの感じの悪い眼も別に気にならなくなったよ」

サイレンの音が聞えた。美保署からパトカーがやってくるには早過ぎる。地元の消防団だろう。『潮鳴荘』の火事の時も、やってきたのは地元の消防団だった。

「あんたに、頼みがある」

私は、札入れから一万円札を何枚か抜き出した。

「犬屋を知ってるかね？」

「犬屋？　鳥取に行けばあるが」

「娘の見舞いに行ったついでに、仔犬を一匹買ってきてくれんか？」

「そいつは構わんが。どんな犬だ？」

「どんなのでも。丈夫そうなやつをな。それを竜太にやってくれ」

「しかしな、犬にゃ血統があるだろう。意気地のないのとか、意地の悪いのとか、性格もあるらしい。犬を見る眼を持った人間に頼んだ方がいいんじゃねえか」

安井が、手の中の札に眼を落とした。

「どんなのでも構わん。飼主に似るって言うじゃないか」

「君は、どうする？」

「帰るよ。俺はレモンを持ってきただけだ」

下駄が鳴った。騒ぎは、もうずっと遠くなっていた。

解説

小梛治宣

北方謙三がエンターテインメントの世界に鮮烈なデビューを果してから、四〇余年が過ぎた。若い世代にとって、この作家の名前はハードボイルドとは結び付くまい。『三国志』、『水滸伝』、『楊令伝』、『チンギス紀』など、中国、モンゴルを舞台とした歴史小説の書き手としてのイメージが強いはずである。さらに言えば、一九八〇年代に北方謙三のハードボイルド小説が、読者の熱狂的な支持を得て、エンターテインメント界に北方旋風が吹き荒れたのだと耳にしても、それを素直に信じてくれる若い読者がどれくらいいることか。

その北方旋風を肌身に感じた世代の私にとっては、いつの間にかそれほどの月日が経(た)ってしまったのかという感慨とともに、次々と刊行される北方ハードボイルドを貪(むさぼ)り読んでいたあの頃(ころ)がとても懐かしい。本を食べるように読む体験を味わったのも、その時が最初であった。私と同世代のオールドファンの人たちも、おそらく同じような懐かしさを感じているのでなかろうか。

では、改めて、新しい読者のために、あるいはオールドファンの記憶を呼び戻すためにも、当時の北方謙三の足跡を振り返ってみようではないか。

純粋にデビュー作ということならば、一九七〇年に同人誌発表後に『新潮』に転載された「明るい街へ」がそれに当たる。一九四七年生まれの北方謙三が二三歳の時である。芥川賞を目指す純文学畑の新鋭だった。そこからおよそ十年後に書き下ろした長編『弔鐘はるかなり』が処女出版であり、エンターテインメントの第一作目となった。もっとも、それ以前に『ふたりだけの冬』という原稿用紙千枚にもなる長編を書いていたのだが、これはすぐには本にならず、改稿して『逃がれの街』に姿を変えた。これが二冊目の著作になるが、著者は『逃がれの街』には、相当のこだわりをもっており、「オレの処女作は『逃がれの街』だと思っている」と、語るのを私は直接耳にしたことがある。たしかに、逃亡する青年とそれを追う刑事とが生み出す世界には透明感があって、著者独自の「北方文体」とも言われるキレのある語り口の原点も、この中に見出すことができる。私が北方謙三の世界にのめり込む切っ掛けとなったのが、この作品であった。

ところで、北方謙三は処女作の『弔鐘はるかなり』を執筆していたとき、自分がハードボイルドを書いているという自覚はもっていなかったようだ。というのも、それまでアメリカのミステリーには興味がなく、ほとんど読んだことがなかった上に、レイモンド・チャンドラーすら知らなかったからである。

北方謙三がハードボイルド小説を意識的に書くことになるのは、第三作目以降のことだったのだ。それまでに読んだことのなかったチャンドラーとロス・マクドナルドを読んでみて、「これぐらいならオレにも書ける」と思ったそうだが、それだけではなかった。なんと、チャンドラーとマクドナルドを同時に一冊ずつ書いてやろうと意気込んで実際に書いてしまったのだ。北方謙三は読書量もすさまじいが、執筆のスピードも半端ではない。そこで書き下ろしたのが、『眠りなき夜』と『さらば、荒野』（ブラディ・ドールシリーズ第一作）の二作で、前者がチャンドラー、後者がマクドナルドに挑戦したものであった。もっとも『さらば、荒野』に関しては、書き上げた時点では、シリーズ化をまったく意識していなかったという。この時点から自他ともに認めるハードボイルドの書き手として、北方謙三がエンターテインメント界に飛翔していくことになるわけである。それを裏付けるように文学賞の受賞が相次ぐ。

まず、弁護士を主人公とした『眠りなき夜』（一九八二年）が、吉川英治文学新人賞と日本冒険小説協会大賞をダブル受賞する。翌一九八三年に『檻（おり）』が日本冒険小説協会大賞を連続受賞し、第八九回直木賞候補となる。その翌年（一九八四年）には、『渇きの街』で日本推理作家協会賞、『過去（リメンバー）』で角川小説賞を受賞し、『友よ、静かに瞑れ』が第九十回直木賞候補となっているのである。

文学賞が、必ずしも作品の質や小説家の力量を正確に測るモノサシと言えるわけではないが、北方謙三に関していえば、それはまだ測り足りないといえるものであった、と私は思っている。当時の評価の基準を作品が一歩先んじていたがゆえに、受賞に至らなかったケースがあったと思われるからである。

とはいえ、デビュー作の『弔鐘はるかなり』から、わずか三年の間に、ハードボイルドと言えば北方謙三の名がまず挙がるという存在になっていたのだ。しかも、エンターテインメント界にあっては市場原理が厳格に支配している。いくら良質な作品でも売れなければ勝負にならない。「売れる」とは、つまり読者の支持を得ることであり、北方ハードボイルドに関しては、それが圧倒的であった。だからこそ三年という短い期間に多くの著書を世に送り出すことができ、自らの世界をエンターテインメント界に定着させることが可能であった。稀有な現象であることを、その当時誰もが認めていたのだが、その稀有な現象がなぜ起ったのかを、若い読者には北方謙三のハードボイルドを実際に読むことで、体感して欲しい。オールドファンには、あの時の、北方節に酔った実感を改めて味わって欲しいと思うのである。そのためにぴったりなのが、本作『友よ、静かに瞑れ』なのだ。この作品には、初期の北方作品の特長でもある迫真の暴力シーンが生む「動の緊張」と、優しさを秘めた真の男らしさを生む「静の緊張」とが読者を物語の世界へ引き込む上で、実に効果的に作用し合っていると、私には思える。

そして、もう一つ。北方節とも言える、あの歯切れの良い体言止めを駆使した文体が、最初の一行目から読者を魅了してしまう点は他の北方作品と同じだが、なかでも本書ではたったの一語で読者の心を摑んでしまう。のちの作品でも、書き出しの一語の秘技を味わうことができるが、おそらく本書が最初ではないかと思うのだ。

〈夕陽。
ついさっきまで鈍色だった海が、赤く輝きはじめている。〉

どうだろうか。私などはこの「夕陽」を目にしただけでこれから幕を開けるドラマの予感に胸が高鳴ってくる。まさしく、これは読むのではなく、見るという表現がぴったりで、「夕陽」の文字を見たと同時にその景色が眼前に浮かび上ってくる。

ちなみに、他の北方作品で、私が印象に残った冒頭を紹介しておこう。

〈凪。
闇が揺れている。〉（『牙』）

〈赤。
闇の中で、ピースの火だけに色があった。〉（老犬シリーズII『風葬』）

〈霧雨。
秋が、躰にしみこんでくるようだった。〉（ブラディ・ドールシリーズ⑩『ふたたびの、荒野』）

たったこれだけで、北方謙三のハードボイルドの世界に酔ってしまった読者もいるのではないかと思うのだ。オールドファンには、小説の世界で「酔う」ことを改めて体感して欲しいし、若い世代には、小説を読んで酔える愉しさを味わって欲しいのである。

では、このあたりで本書の中身を少しばかり覗(のぞ)いてみよう。舞台は山陰の田舎町、そこへ外科医から船医になった新藤という男がやって来る。彼の目的はこの町で『潮鳴荘』という旅館を営む親友の坂口を助けるためだったが、ここで最初に出会うのが、この友人の息子だった。この少年、竜太はかつて新藤が愛した女性と坂口との間に生まれた子供だった。この少年の母親が亡くなったあと、坂口は元芸者の照子と再婚していた。坂口が警察に留置されているため、旅館は女将(おかみ)である照子が仕切っていたが、新藤は追い払われてしまう。そこに近付いてくるのが、芸者をしている照子の妹だった。

坂口がなぜ警察に捕らえられるような犯罪をしたのか。新藤は友を信じ、彼を窮地から救出すべく身体(からだ)を張って突き進んでいく。読者が遭遇するのは「痛み」だ。作者は、小説で「痛み」を表現することが、ハードボイルドを書き始めたころのテーマであった、と私には思えるほど、その暴力シーンや身体をぶつけ合う極限を超えるような格闘場面にはリアリティがある。銃社会のアメリカのハードボイルドでは銃で撃たれたときの「痛み」は表現されていない。一瞬にして命が奪われるために表現のしようがないのだろう。日本ならではの暴力シーンを描くことで、読者自らも殴られる痛みや殴ったときの拳(こぶし)の痛みを感じながら、小説の世界に没入してしまうのだ。それはダイレクトに恐怖感を味わうことに繋がり、リアリティの精度がいやが上にも増してくることになる。この感覚を味わうために、北方ハードボイルドを読まずにいられなくなる、そんな読者が少なからずいるはずである。本書で言えば、筋者の高畠との格闘シーン（16 鍵）、これは白眉といえる。この高畠は、新藤の友、坂口を窮地に追い込んだ下山観光社長の片腕だが、裏社会で生きてきた筋者である。この勝負が、物語の流れを決定づける一つの山場でもある。

そうした「痛み」が行間から読者を襲うような「動の緊張」に対して、「静の緊張」を感じられるのが、新藤が坂口の息子で中学一年生の竜太と関わり合う場面であろう。死んだ犬を引きずりながら浜辺を歩く竜太と初めて出会う場面に始まり、会うたびにその親交が深まっていく。そして、深まるにつれて、二人の間に、お互いを信じあう良い意味での緊張感が育まれていくのである。それは、少年竜太が男として成長する過程が生み出す緊張感でもある。そこが本書の読み所の一つでもあるのだ。

北方謙三の作品には、少年が重要な役割を演じているものが、少なからずある。そもそも作者自身が処女作と考えている『逃がれの街』には、五歳の男の子が、殺人を犯して逃亡する主人公の唯一の友として登場してくる。刑事と暴力団の双方に追われ、雪の軽井沢へ逃れていく二人の間にも静の緊張感が漂っていた。本書ではさらに進化した形で少年が登場してきていると言えるのである。

最後にもう一つ、私が「静の緊張」を味わった最大のシーン、それは物語の末尾の一瞬だ。それまでは回想の中でしか登場しなかった坂口が、その姿を初めて現わす場面である。

〈眼が、合った。

長い時間だったような気がした。一瞬だったような気もした。かすかに、坂口が頷く。私も頷き返した。〉

そして、その直後に〈私は、坂口と擦れ違った時の、かすかな風を感じていた。〉と続くのである。この「かすかな風」を私も感じたような気がしたのだ。ここのシーンを何度読んでも私は風を感ずる。この風を感じたいがために、くり返し本書を読むのだと言ってもいい。

どうか、読者も自分なりの風や匂(にお)いを北方ハードボイルドの世界で感じ、じっくりと味わっていただきたい。

（おなぎ・はるのぶ／日本大学名誉教授・文芸評論家）

本書は一九八五年三月に刊行された角川文庫を底本としました。